無謂的盛宴

米蘭・昆德拉

LA FÊTE
DE L'INSIGNIFIANCE
•
MILAN
KUNDERA

尉遲秀——譯

目錄

第一部・主角登場

亞濔沉思肚臍的問題

六月，早晨的太陽從雲裡探出頭來，亞濔緩緩走在巴黎的一條街上。他觀察那些年輕女孩，發現她們都在腰身很低的長褲和剪裁很短的T恤之間露出光裸的肚臍。他著迷了；著迷，甚至心慌了：彷彿她們的誘惑力不再集中於她們的大腿，也不在屁股，也不在乳房，而是在這個位於身體中心的小圓洞裡。

這刺激了亞濔的思考：如果一個男人（或一個時代）視大腿為女性誘惑的中心，這種情色傾向的特質要如何描述和界定？他即興作答：大腿的長度是路徑的隱喻畫面，又長又迷人的路（這就是為什麼大腿一定要長），走向情色的完成；其實，亞濔心想，就算在性交的途中，大腿的長度也賦予女人一種難以接近的浪漫魅力。

如果一個男人（或一個時代）視屁股為女性誘惑的中心，這種情色傾向的特質要如何描述和界定？他即興作答：粗暴；快活；走向目標的最短路徑；由於這目標是雙重的，所以更加刺激。

如果一個男人（或一個時代）視乳房為女性誘惑的中心，這種情色傾向的特質要如何描述和界定？他即興作答：女人的神聖化；聖母瑪麗亞給耶穌哺乳；男性匍匐於女性崇高的使命之前。

可是一個男人（或一個時代）認為女性的誘惑力集中於身體中央，集中在肚臍，這樣的情色又要如何界定？

哈蒙在盧森堡公園散步

差不多就在亞瀾思索著不同來源的女性誘惑的同時，哈蒙出現在盧森堡公園旁的美術館前，那裡展出夏卡爾的畫作已經一個月了。他想看這些畫，但他早知道自己不會有力氣，心甘情願成為這沒完沒了、緩緩往售票口爬行的長龍的一部分；他觀察那些人，他們的臉因為無聊而痲痹，他想像那些展覽廳，裡頭的畫作被人們的身體和閒聊覆蓋，於是一分鐘後，他掉頭離去，走上一條橫越公園的林蔭道。

那裡的氣氛比較宜人；人看起來比較少，也比較自在：有些人在跑步，不是因為匆忙，而是因為喜歡跑步；有些人一邊散步，一邊吃冰淇淋；草坪上有某個東方門派的徒眾正在做一些古怪的慢動作；稍遠處，一些法國王后和女性貴族的大型白色雕像圍成一個大圈，更遠處，詩人、畫家、學者的雕像在公園的草地上毫無章法地散落在樹木間；他在一個青銅色的少年面前停下腳步，迷人的少年光溜溜的，穿一件短內褲，要把巴爾札克、白遼士、雨果、大仲馬的面具送給他。哈蒙忍不住露出微笑，他繼續在這座天才的花園裡閑晃，這些天才被散步的人們溫和的淡漠圍繞著，應該會覺得舒適而自在吧；沒有人停下腳步細看它們的臉孔或讀一讀基座上的銘文。哈蒙呼吸這淡漠，呼吸這安撫人心的寧靜。慢慢的，一抹悠悠的微笑——近乎快樂的——浮現在他的臉上。

癌症不會生成

差不多就在哈蒙放棄夏卡爾的畫展，選擇去公園閑晃的同時，達德洛正在上樓梯，去診所找他的醫生。這一天，距離他生日恰恰是三個星期。他討厭生日已經好幾年了，為的是被強加在上頭的那些數字。可是，他又無法嗤之以鼻，因為在他心裡，有人為他慶祝的快樂總是勝過年華老去的羞慚。更何況這一次，看醫生給慶祝增添了一抹新的色彩，因為今天他就可以知道所有檢查結果，他會知道在他體內發現的可疑症狀是不是癌症引起的。他走進候診間，他以顫抖的聲音在心裡反覆說著，三個星期之後，他將同時慶祝如此遙遠的誕生以及如此迫近的死亡；他將舉辦一場雙重的宴會。

可是一看到醫生微笑的臉，他就明白死神爽約了。醫生像親人般握了他的手。淚水湧上眼眶，達德洛一句話也說不出來。

診所位於天文台大街，距離盧森堡公園約兩百公尺。由於達德洛住在公園另一頭的小街上，他開始穿過公園走回去。在綠地散步讓他的好心情變得幾乎有點放肆，尤其是繞過歷代法國王后圍成的大圈圈的時候——這些全數由白色大理石刻成的雕像，全身的雕像，擺出莊嚴的姿勢，在他看來不知該說是愉快還是可笑，彷彿這些宮廷貴婦想用這樣的方式為他剛得知的好消息歡呼。他忍不住舉起手，向它們致意了兩、三次，然後放聲大笑。

重病的祕密魔力

在那些法國王后附近的某個地方，哈蒙遇到了達德洛——去年，在一個沒有人會對它的名字感興趣的機構裡，他還是哈蒙的同事呢。他們面對面停下來，用一般人的方式打過招呼之後，達德洛用異常興奮的聲音開始說話：

「朋友，您認識我們的弗宏克吧？兩天前，她的情人死了。」達德洛停頓了一下，哈蒙的記憶裡出現一張美女的臉，這個著名的美女他只在照片上看過。

「他臨終的時候非常痛苦，」達德洛說了下去：「我們的弗宏克和他一起經歷了這一切。噢，她真是受苦了！」

哈蒙著迷了，他望著這張愉快的臉對他述說一則哀淒的故事。

「您想想看，早上，她的情人在她的懷裡死去，而同一天晚上，她跟我還有幾個朋友一起吃飯，您不會相信的，她幾乎是開心的！我好佩服她！這種力量！這種對生命的愛！她的眼睛都哭紅了，可是她一直在笑！而我們這些朋友都知道，她有多愛他！她受了多少苦！這女人真是太堅強了！」

一如剛才在醫生那裡，達德洛的眼裡閃爍著淚光。因為，講到我們的弗宏克的精神力量，他就想到他自己。他不是也經歷了整整一個月面對死亡的生活嗎？他的性格的力量不也經受了嚴酷的考驗嗎？儘管癌症已經成為單純的回憶，終究還是像小燈泡的微光，與他同在，神祕地，令他讚歎不已。不過他成功控制住自己的情感，轉換成比較平淡的語氣說：「對了，如果我沒記錯，您有朋友可以包辦酒會，幫忙弄吃的跟一些什麼的。」

「是啊。」哈蒙說。

達德洛說：「我要幫自己辦一場小小的生日宴會。」

他興奮地說完那位著名的弗宏克的事，又以輕快的語氣說出最後這句話。此刻哈蒙終於可以露出微笑了，他說：「看得出來，您的日子過得還挺愉快的。」

奇怪的是，這句話達德洛並不喜歡，彷彿過於輕快的語氣毀了他好心情特有的奇異美感——記憶揮之不去，讓這美感如魔法般帶著死亡的浮誇印記。「是啊，」他說：「還可以。」然後他停頓了一下，接著說：「……雖然……」

他又停頓了一下才說：「您知道，我剛去見了我的醫生。」

對話者臉上的困窘令他開心；他延長了靜默，哈蒙不得不開口問道：「所以？您的身體有什麼問題嗎？」

「是有一些問題。」

達德洛再次沉默，而哈蒙也不得不再次問道：「醫生怎麼說？」

就在此刻，達德洛有如攬鏡自照，在哈蒙眼中望見自己的臉：那是一個上了年紀卻依然俊美的男人的臉，帶著某種悲傷的印記，令他看起來更有魅力；他心想，這個悲傷的美男子再過不久就要慶祝他的生日了，而他去看醫生之前的念頭又在腦海裡浮現了，這是個令人陶醉的念頭——一場雙重的宴會，同時慶祝誕生和死亡。他繼續在哈蒙的眼裡觀察自己，然後，用一種非常冷靜、非常溫柔的聲音說：「癌症……」

哈蒙先是結結巴巴地說了些什麼，然後笨拙地，像親人般，用手碰了碰達德洛的手臂說：「還是醫得好的……」

「唉，太晚了。請忘記我剛才告訴您的事吧，別告訴任何人；多想想我的雞尾酒會吧。日子總得過下去啊！」達德洛說。離去之前，他抬起手致意，這低調近乎靦腆的手勢有一種意想不到的魔力，打動了哈蒙。

無法解釋的謊言，無法解釋的笑

兩位老同事的相遇以這美麗的手勢作為結束。可是我無法迴避這問題：為什麼達德洛要說謊？

這問題，達德洛隨即也問了自己，他也不知道答案。不，他不會因為說謊而感到可恥。令他困惑的是，他無法理解自己說謊的理由。在正常的情況下，說謊是為了欺騙某人並且從中得到某種好處。可是編造癌症的故事可以贏得什麼？說也奇怪，想到這個謊言的無意義，他忍不住笑了。而這笑也一樣，是無法理解的。為什麼他會笑？他覺得自己的行為滑稽嗎？不是。而且滑稽的意義也不是他的強項。就這樣，莫名其妙地，這個想像的癌症讓他覺得開心。他繼續走他的路，繼續笑。他笑，他因為自己的好心情而開心。

哈蒙去夏勒家找他

哈蒙遇到達德洛一小時後，已經在夏勒家了。「我帶了一場酒會給你當禮物。」他說。

「太棒了！今年我們會需要這個。」夏勒一邊說，一邊邀他的朋友在矮桌對面坐下。

「這是給你的禮物。也是給卡利班的。說到這，他在哪裡？」

「還會在哪裡？在家裡，在他老婆那裡。」

「希望酒會的時候，他會留下來幫你。」

「當然會。劇場界還是沒有人要理他。」

哈蒙瞥見桌上擺著一本厚厚的書。他靠了過去，沒有掩飾他的驚訝：「尼基塔・赫魯雪夫[1]的《回憶錄》。幹嘛啊？」

「是我們的主人給我的。」

「可是我們的主人在這裡頭能找到什麼好玩的？」

「他幫我畫了幾段重點。我讀了覺得還滿好笑的。」

「好笑？」

「那個二十四隻山鶉的故事。」

「什麼？」

「二十四隻山鶉的故事啊，你沒聽過嗎？世界的鉅變可是從這裡開始的！」

「世界的鉅變？有那麼嚴重嗎？」

「是有這麼嚴重。不過還是來說酒會的事吧，是什麼樣的酒會？要辦在誰家？」

哈蒙解釋了一下，夏勒又問道：「這個達德洛是誰？跟我所有的

1. 尼基塔・赫魯雪夫（Nikita Khrouchtchev，一八九四—一九七一）：前蘇聯政治人物，曾任蘇聯共產黨中央委員會第一書記（蘇聯最高領導人）及蘇聯部長會議主席（政府首腦）。

顧客一樣，也是個蠢蛋嗎？」

「當然是。」

「他的蠢，屬於哪一類？」

「他的蠢屬於哪一類……」哈蒙若有所思地重複了同樣的話，然後說：「你認識夸克里克嗎？」

哈蒙講解「光芒耀眼」和「渺小無謂」

「我的老朋友夸克里克，」哈蒙說了下去：「我從來沒認識過這麼厲害的獵豔高手。有一次，我在同一場聚會裡看到他們兩人出現——就是他和達德洛。他們互不相識，之所以會出現在同一個擠滿人的客廳裡純屬巧合，而達德洛可能根本沒留意到我朋友的存在。那裡有幾位非常美麗的女人，達德洛遇到這種事就瘋了，他會為了讓女人注意他而做出不可思議的事。那天晚上，他舌燦蓮花，機智的火花四射。」

「傷人嗎？」

「一點也不。他連講笑話都很道德，很樂觀，又得體，不過他的句子實在太優雅又過度雕琢，很難理解，所以他說的話會引起別人注意，但不會引發立即的迴響。得等上三、四秒，他自己先哈哈大笑，然後再過個幾秒，其他人明白了，也禮貌性地跟著笑起來。這時候，就在所有人開始笑的這一刻——請你感受一下這個微妙的轉折！——他變得正經起來；他一臉不感興趣甚至厭倦的表情，望著這些人，心裡因為大家的笑聲而暗自得意了，虛榮了。夸克里克的行為則是完全相反。倒不是說他安靜不出聲。他總是在人群裡，不停地嘟噥著什麼，他的聲音微弱，不像在說話，反而像一陣咻咻的氣音，不過他說的話不會引起任何注意。」

夏勒笑了。

「你別笑。說話卻不引起注意，這並不容易！要一直在人前講話，又要從頭到尾不被聽見，這需要精湛的技藝！」

「我不懂這需要什麼精湛的技藝。」

「安靜會引起注意。安靜也可能讓人印象深刻，讓你變得像一團謎，或是可疑；而這正是夸克里克想要避免的。我剛才說的那次聚會就是這樣。那天晚上有位非常美麗的女士讓達德洛意亂情迷。時不時，夸克里克會過去跟她說上一點稀鬆平常、無趣、無聊的看法，但是這種見解讓人聽了舒服，因為不需要花心思去回應，也不需要用心去聽。不知何時，我發現夸克里克不見了。我滿心疑惑，觀察著那位女士。達德洛剛說出一段俏皮話，緊接著是五秒鐘的靜默，然後他哈哈大笑，過了三秒，其他人也學著笑了。就在此刻，這個女人消失在笑聲的屏障後面，往門口離去。達德洛被自己的俏皮話引發的迴響逗樂了，繼續耍他的嘴皮子。過了一會兒，他發現那位美女不見了。由於他對於夸克里克的存在一無所知，所以也不明白那位美女為何消失。他完全搞不懂，直到今天他還是完全搞不懂『渺小無謂』的價值。你問我達德洛的蠢屬於哪一類，這就是我的回應。」

「光芒耀眼之無用，嗯，這個我懂。」

「不只是無用。是有害。一個光芒耀眼的傢伙試著要誘惑一個女人的時候，這女人會覺得自己進入一種競賽的狀態。她會覺得自己被迫也要光芒耀眼。不能不做抵抗就獻身。渺小無謂反而解放了她，讓她放下戒心。不需要任何機智的表現，不會再想東想西，結果反而比較容易到手。這主題，我們暫且在這裡打住吧。至於達德洛，你面對的不是一個渺小無謂的傢伙，而是一個自戀的納西瑟斯[2]。請留意這個名詞確切的意義：納西瑟斯並不是一個傲慢的人。傲慢的人會看不起別人，輕視別人。納西瑟斯則是高估別人，因為他在每個人的眼中觀察自己的形象，而且想要美化它。所以他對待他的這些鏡子都很親切。對你們兩人來說，他很親切，這是最重要的。當然了，對我來說，他是個裝模作樣的傢伙。不過，在他和我之間，有些事情也已經改變了。我知道他生了重病。從那一刻開始，我眼裡的他就變得不一樣了。」

「生病？他生了什麼病？」

「癌症。這竟然會讓我這麼難過，我也很驚訝。或許他正在度過他的最後幾個月。」

停頓一下之後，哈蒙繼續：「他告訴我的方式讓我很感動，非常簡潔，甚至害羞……沒有任何刻意的浮誇，沒有任何自戀。突然間，或許是第一次，我對這個蠢蛋感到一種真正的同情……一種真正的同情……」

2. 納西瑟斯：希臘神話人物，俊美自戀的少年，愛上自己在水中的倒影。

第二部・木偶劇

二十四隻山鶉

漫長又累人的一天過去，史達林喜歡跟部屬們再待一會兒，一邊休息，一邊說些他的生活小故事給他們聽。譬如這一則：

有一天，他決定去打獵。他披上一件老舊的雪衣，套上滑雪板，帶了一把長獵槍，滑了十三公里。這時，他的眼前出現一棵大樹，他看見一些山鶉棲息在上頭。他停下來數了數，有二十四隻。可是運氣太差了！他只帶了十二發子彈！他開槍打死十二隻，然後轉身，滑了同樣的十三公里回到家，又拿了十二發子彈。再一次，他滑了十三公里回到那十二隻始終棲息在同一棵樹上的山鶉前面。然後終於把所有山鶉都打死了……

「你喜歡這個故事嗎？」夏勒問卡利班。

卡利班笑著說：「如果真是史達林說這故事給我聽，我會為他鼓掌！可是你這故事是哪來的？」

「我們的主人帶了一本赫魯雪夫的書給我當禮物，是他的《回憶錄》，很久很久以前就在法國出版的。赫魯雪夫在書裡如實轉述了史達林在他的小聚會裡講的這個山鶉故事。可是從赫魯雪夫的文字看來，沒有人跟你有同樣的反應。沒有人笑。所有人——沒有例外——大家都覺得史達林說給他們聽的故事很荒謬，大家都對他的謊話很反感。可是大家都沒出聲，只有赫魯雪夫有勇氣對史達林說出心裡的話。你聽！」

夏勒把書打開，緩緩地，高聲讀了起來：「什麼？你的意思真的是，那些山鶉沒有離開牠們的樹枝？」赫魯雪夫說。

「千真萬確，」史達林答道：「牠們一直待在原地。」

「可是故事還沒有完哪，要知道，在他們結束一天的工作之後，所有人都會去澡堂，那是一個大廳室，也當廁所用。你想像一下。牆面上有長長的一排小便斗，對面的牆上是長長的一排洗臉台。貝殼形狀的陶瓷小便斗全都上了色，還有花朵圖案的裝飾。史達林這個小集團的每個成員都有自己的專用小便斗，由不同的藝術家創作並簽名。只有史達林沒有。」

「那史達林，他去哪裡撒尿？」

「在一個獨立的小間，在建築物的另一頭；而既然他自己一個人撒尿，從來不跟部屬一起，這些人在他們的廁所裡也就神聖地得到了自由，也才敢高聲說出他們在頭兒面前被迫噤聲的一切。特別是在史達林對他們說了二十四隻山鶉的故事的這一天。我要再讀一段赫魯雪夫的話給你聽：『……我們在浴室洗手的時候，大家都不屑地吐了口水。他說謊！他說謊！我們沒有一個人相信他的話。』」

「這個赫魯雪夫，他是誰？」

「史達林死後沒幾年，他成了蘇維埃帝國至高無上的統領。」

停頓片刻之後，卡利班說：「整個故事裡頭，唯一讓我覺得不可思議的地方，就是沒有人明白史達林是在開玩笑。」

「當然，」夏勒把書放回桌上：「因為他身邊已經沒有人知道什麼是笑話了。正因為如此，在我看來，歷史上一個新的、偉大的時期正在宣告它的到來。」

夏勒夢想一齣木偶戲

在我這個不信教的人的詞彙裡，只有一個詞是神聖的：友誼。先前讓你們認識的這四位朋友——亞瀾、哈蒙、夏勒和卡利班——我愛他們。基於我對他們的好感，有一天，我把赫魯雪夫的這本書帶給夏勒，讓大家可以找一點樂子。

卡利班向亞瀾抱怨的這一天，他們四個人已經都聽過山鶉的故事了，包括廁所那個美妙的最後樂章。卡利班說：「我遇到你的瑪德蓮。我把山鶉的故事講給她聽。可是對她來說，這只是一則難以理解的、關於一個獵人的小故事！史達林的名字，或許她隱約有些印象，但是她不明白為什麼有個獵人叫這名字……」

「她才二十歲呀。」亞瀾悠悠地為女朋友辯護。

「如果我沒算錯，」夏勒插了話：「你的瑪德蓮差不多在史達林死後四十年出生。我呢，在他死後，我得等上十七年才出生。而你呢，哈蒙，史達林死的時候，」他停下來算了一下，然後有點尷尬地說：「老天，你已經在這個世界上了……」

「我很慚愧，不過這是真的。」

「如果我沒記錯，」夏勒說了下去，他說話的對象始終是哈蒙：「你的祖父和其他知識分子一起連署過一份請願書，支持史達林這位進步的大英雄。」

「是的。」哈蒙承認。

「你的父親呢，我想，他已經對此產生一點懷疑了，你這一輩更是，而對我這一輩的人來說，他已經成為罪犯中的罪犯了。」

「是的，確實如此，」哈蒙說：「人們在生活中相遇、閒聊、討論、爭吵，卻沒有意識到大家在交談的時候其實都站在遠方，各自從一座座矗立於不同時間點的瞭望台發聲。」

停頓片刻之後，夏勒說：「時光飛逝。因為有了時間這件事，我們先是活著，意思就是說：我們被控訴並且被審判。然後，我們死了，而我們還會跟那些認識我們的人一起待上幾年，不過有另一個變化很快就會出現：死者成了老死者，沒有人記得他們了，他們消失於無形；只有幾個，非常非常罕見的幾個，他們的名字留在記憶裡，可是卻失去所有真正的見證者，失去所有真實的回憶，成了木偶……朋友們，我對赫魯雪夫在《回憶錄》裡說的那個故事非常著迷，揮不去那個念頭，一直想把那故事寫成一齣木偶戲的劇本。」

「木偶戲？你不希望搬上法蘭西戲劇院的舞台？」卡利班挖苦他。

「不希望，」夏勒說：「因為史達林和赫魯雪夫的這個故事如果由真人來演，那會是一場騙局。沒有人有權利裝模作樣地重建一個已經不在的人的存在。沒有人有權利從一具木偶造出一個人。」

在廁所裡抗暴

「他們讓我非常著迷，史達林的這些同志，」夏勒繼續說：「我想像他們在廁所裡吶喊抗暴！他們等了好久才等到這個美好的時刻，他們終於可以暢所欲言，高聲說出心裡的話。可是他們沒想到：史達林在觀察他們，他也迫不及待地等著這個時刻！他的一干幫眾往廁所走去的這一刻，對他來說也是一大樂事！各位朋友，我看見他了！他躡手躡腳走過一道長廊，然後貼著耳朵在廁所的門上偷聽。這些政治局的英雄，他們大吼大叫，用力跺腳，詛咒著，而他，聽到了，笑了。『他在說謊！他在說謊！』赫魯雪夫大聲嚎叫，他的聲音迴盪著，而史達林，他的耳朵緊貼在門上，噢，我看見他了，我看見他了，史達林品味著他的同志發自內心的憤怒，他放聲狂笑，甚至沒試著抑制自己響亮的笑聲，因為廁所裡的這些人也在放聲狂吼，他們在一片喧囂中不可能聽見史達林的聲音。」

「對，這個你已經說過了。」亞瀾說。

「對，我知道。可是最重要的，也就是說，史達林之所以老是喜歡對著同樣的一小群聽眾，一再重複同樣這則二十四隻山鶉的故事的真正原因，我還沒告訴你們呢。而我這齣戲最重要的情節就在這裡。」

「那真正的原因是什麼？」

「加里寧。」

「什麼？」卡利班問道。

「加里寧。」

「從來沒聽過這個名字。」

雖然亞瀾的年紀比卡利班小了一點，但他比較有學問，他知道：

「應該就是那個人吧，後來人家拿他的名字給一個很有名的德國城市改了名，伊曼努爾·康德一輩子都住在那裡，現在那個城市叫做加里寧格勒。」

這時，街上傳來一陣刺耳的喇叭聲，聽起來很急。

「我得先走了，」亞瀾說：「瑪德蓮在等我。下回見了！」

瑪德蓮坐在摩托車上，在外頭等他。那是亞瀾的摩托車，不過他們兩人都可以用。

下次見面，夏勒給他的朋友們開了一堂關於加里寧與普魯士首都的講座

「普魯士這個著名的城市最初叫做柯尼斯堡，意思是『國王山』。直到二次戰後才變成加里寧格勒。『**格勒**』在俄文的意思是『城市』。所以，也就是加里寧市。我們有幸活過的那個世紀對於重新命名這件事非常瘋狂。察里津被改成史達林格勒，後來史達林格勒又被改成伏爾加格勒。聖彼得堡被改成彼得格勒，後來彼得格勒又被改成列寧格勒，最後列寧格勒又被改成聖彼得堡。凱姆尼茲被改成卡爾馬克思城，卡爾馬克思城又被改成凱姆尼茲。柯尼斯堡被改成加里寧格勒……不過請注意：加里寧格勒被保留下來，而且會繼續留下去，永遠不會改名。加里寧的光榮會超越其他所有的光榮。」

「可是他是誰？」卡利班問道。

「一個沒有任何實權的人，」夏勒說了下去：「一個可憐又無辜的傀儡，可是又曾經長期擔任最高蘇維埃的主席，所以，從組織位階來看，他是政府最崇高的代表。我看過他的照片：一個年老的工人戰士，尖尖的山羊鬍，穿一件不合身的外套。這時加里寧已經老了，肥大的攝護腺逼得他一天到晚要小便。尿意總是來得又凶又猛，就算他正在參加一場正式午宴，或是面對一大群聽眾演講到一半，他也得趕緊衝向小便池。他因此練就了一身好功夫。直到今天，所有俄羅斯人都還記得，為了烏克蘭某個城市的新歌劇院落成啓用，他們辦了一場慶祝會，加里寧在會場發表了一段莊嚴而冗長的演說。他不得不每兩分鐘打斷一次自己的演說，而他每次一離開講台，樂隊就奏起民謠音樂，美麗的金髮烏克蘭舞孃們就跳上舞台，翩然起舞。加里寧每次走回講台，台下就響起一陣掌聲；而當他再度離開講台，台下的掌聲就會更響亮，歡迎金髮舞孃的到來；隨著他離開和回來的頻率加快，掌聲變得更長，更響亮，更熱烈；結果這場官方的慶祝儀式變成蘇維埃政府見所未見、聞所未聞的一陣興高采烈、瘋癲、狂歡的喧囂。」

「可悲的是，加里寧在休息時間回到同志們的小圈子裡，卻沒有人有意為他的小便鼓掌。史達林正在說他的小故事，而加里寧實在太規矩，深怕自己來來回回上廁所會惹火史達林。而且史達林一邊說故事，一邊還盯著他，看他越來越蒼白的臉扭絞成一張鬼臉。這扭曲的表情刺激史達林放慢了敘述，不斷加油添醋，拖延故事的結局，直到對面這張緊繃的臉突然鬆開，鬼臉消失了，表情緩和了，頭上繞著一圈平靜的光暈；就在此刻，史達林知道加里寧又在一場偉大的鬥爭中敗陣了，於是他很快切入結局，從桌邊起身，帶著一抹開心又友善的微笑，宣布散會。其他與會者也都站起來，不懷好意地看著他們的這位同志，看他杵在桌子後頭（或是一張椅子後頭），遮住他濕了的長褲。」

夏勒的朋友們想像這一幕，大家都很開心，過了好一會兒，卡利班才打破這愉快的靜默：「可是，這完全無法解釋為何史達林會把這個攝護腺腫大的可憐蟲的名字送給這個德國城市，那個著名的……那個誰……不就是在這個城裡度過他的一生？」

「伊曼努爾・康德。」亞瀾在他耳邊悄悄告訴他。

亞瀾發現史達林不爲人知的溫情

一星期後，亞瀾在一家小餐館又見到這些好朋友（或是在夏勒家，我已經記不得了），他劈頭就打斷大家的閒扯：「我想跟你們說，我覺得史達林把加里寧的名字送給著名的康德之城根本不是什麼無法解釋的事。我不知道你們會有什麼樣的解釋，不過我呢，我只知道一種解釋：史達林的心裡對加里寧一直有一種特殊的溫情。」

他在朋友們的臉上讀到一種帶著戲謔的驚奇，他很得意，甚至受到激勵：「我知道，我知道……溫情這個字眼跟史達林的名聲不太相稱，他是二十世紀的路西法[3]，他的人生充滿陰謀、背叛、戰爭、監

3. 路西法：天堂中地位最高的天使，在未墮落前擔任天使長的職務，被逐出天堂後成為魔鬼撒旦。

禁、暗殺、屠殺。這我不否認，相反的，我還要強調這些，好讓大家看得一清二楚：面對他必須承受、必須犯下、必須經歷的如此沈重而巨大的殘暴，史達林不可能擁有同樣巨大的同情。這已經超出人類的能力了！為了活過這樣的人生，他只能痲痺，繼而徹底忘記自己的同情能力。可是面對加里寧，在這些遠離殺戮的短暫歇息之中，在這些閒聊休憩的溫柔時刻裡，一切都改變了：他面對的是一種完全不同的痛苦，一種微小、具體、屬於個人、可以理解的痛苦。他看著這位正在受苦的同志，心裡漾著些許驚訝，他覺得身體裡有一種虛弱、卑微、近乎陌生——總之已經遺忘——的感覺正在甦醒，那就是對一個受苦的人的愛。在他殘暴的人生裡，此刻宛如一次暫歇。隨著尿液的壓力在加里寧的膀胱裡逐漸升高，溫情也以同樣的節奏在史達林的心裡升起。重新發現長久以來停止感受的一種感覺，對他來說，這是一種無法描述的美。」

「就在這裡，」亞瀾繼續說：「我看到柯尼斯堡莫名其妙地改成加里寧格勒唯一可能的解釋。這件事是在我出生前三十年發生的，不過我可以想像當時的情境：戰爭結束，俄羅斯人為他們的帝國多添了一個著名的德國城市，他們得用一個新名字把這個城市俄羅斯化。這不是隨便挑個名字就可以了事的！一定要改個舉世皆知的名字，耀眼的光芒才能讓敵人閉嘴。像這種偉大的名字，俄羅斯人有一大堆！凱薩琳女皇！普希金！柴可夫斯基！托爾斯泰！還不說打敗希特勒的那些將軍呢，當時這些人不管到哪裡都受人追捧！那我們如何去理解，史達林竟然會選一個這麼遜的傢伙的名字？史達林竟然會做出白痴到這種地步的決定？所以，有可能存在的就是一些私人和秘密的理由了。這些理由我們知道：他滿懷溫情地想著這個為他受苦的人，這人就在他的眼前，他想要酬謝他的忠誠，讓他因為他的犧牲奉獻而開心。如果我沒搞錯——哈蒙，錯的話你可以糾正我——在歷史上這個短暫的瞬間，史達林是世界上權力最大的國家領導人，他自己也心知肚明。他感覺到一種惡趣味，所有總統、國王當中，唯有他可以完全無視那些機關算盡、正經八百的政治動作，唯有他可以做出徹底任性、恣意、無理、光怪陸離、荒謬至極的決定。」

桌上擺著一瓶打開的紅酒。亞瀾的杯子已經空了；他在杯裡斟了酒，然後繼續：「現在，跟你們說這故事的同時，我看到一個越來越深刻的意義。」他喝了一口，繼續說下去：「為了不弄髒內褲而受苦……成為捍衛自身清潔的殉道者……為了對抗那正在出現、增加、前進、威脅、攻擊、殺人的尿液而戰……還有什麼比這更平凡又更人性的英雄氣概？名字冠在我們街道上的那些所謂的偉人，我根本懶得理會，他們之所以變得有名是因為他們的野心，他們的吹噓，他們的謊言，他們的殘暴，只有加里寧的名字會因為紀念每個人都經歷過的一種痛苦，紀念除他之外沒造成任何人痛苦的一場絕望的戰鬥，而留在人們的記憶裡。」

他結束演說，所有人都感動了。

一陣靜默之後，哈蒙說：「亞瀾，你說得很有道理。我死後，想要每十年醒來一次，看看加里寧格勒是不是一直是加里寧格勒。如果真是這樣，我會感受到一點和人類的連結，然後，跟人類重新和解，再躺回墓穴裡。」

第三部・亞瀾和夏勒經常想到他們的母親

他第一次感受到肚臍的神秘，是在最後一次看到母親的時候

亞瀾慢慢走回家，他在路上觀察年輕女孩，發現她們都在腰身很低的長褲和剪裁很短的T恤之間露出光裸的肚臍。彷彿她們的誘惑力不再集中於她們的大腿，也不在屁股，也不在乳房，而是在這個位於身體中心的小圓洞裡。

我在重複？我拿了我在小說開頭就用過的一模一樣的句子作為這一章的開頭？這我知道。可就算我已經說過亞瀾對於肚臍之謎非常熱中，我還是要說得更清楚：這問題讓他朝思暮想，就像各位有時也會一連數月，甚至數年，心繫同樣的一些問題（肯定比亞瀾腦子裡揮不去的謎還要無聊）。他在街上閒逛，所以，時不時就想到肚臍，他重複著，毫無顧忌，甚至帶著一種奇怪的偏執；因為肚臍在他心裡喚醒

的是一段遙遠的回憶：他和母親最後一次相遇的回憶。

那時他十歲。只有他們兩人——他和他的父親——一起去度假，他們住的是一棟出租別墅，有花園還有游泳池。在缺席好幾年之後，這是母親第一次來找他們。他們關在別墅裡，她和她的前夫。方圓一公里的氣氛變得令人窒息。她停留了多少時間？應該不會超過一、兩個小時，這期間亞灡一個人在游泳池裡玩。她停下來向他告別的時候，他剛從游泳池上來。她一個人。他們說了什麼？他不記得。他只記得她坐在一張花園的椅子上，而他穿著泳褲站在她面前，身上還濕答答的。他們說的話已經忘了，可是有一個瞬間固定在回憶裡，一個具體的瞬間，精確地銘刻在回憶裡：她坐在椅子上，猛看她兒子的肚臍。這目光，他在他的肚子上一直感覺得到。一種難以理解的目光；像要表達一種無從解釋的，混合著同情與輕蔑的感情；母親的嘴唇做出微笑的形狀（同情和輕蔑的微笑），然後，她沒站起來，只是傾身靠向他，用食指碰他的肚臍。緊接著，她起身，親吻他（她真的親吻了他嗎？應該有吧；可是他並不確定），就走了。他從此沒再見過她。

一個女人走出她的車子

一輛小車沿著河在堤道上行駛。早晨清冷的氣氛讓這片缺乏魅力的風景更顯荒涼，這裡是郊區的盡頭，卻又還沒到鄉下，幾乎看不到什麼房子，路上也遇不到行人。這輛車在路邊停下；車上下來一個女人，年輕，算得上是美女。奇怪的是，她漫不經心地把門推回去，顯然沒上鎖。在這盜賊肆虐的年代，這麼不合常理的輕忽意謂什麼？她這麼心不在焉嗎？

不，她給人的印象並非心不在焉，相反的，我們可以在她臉上讀到堅決的表情。這個女人知道她要做什麼。這個女人的意志堅定。她在路上走了約莫一百公尺，往河上的一座橋走去。這座橋相當高，又窄，車輛禁行。她上了橋，往對岸走去。她四下張望了好幾回，看起來不像是有人在等她，而是要確定沒有人會看到她。她在橋中央停下腳步。乍看之下，我們會說她猶豫了，可是並非如此，那不是猶豫，也不是決心突然動搖，相反的，那是她在集中注意力的時刻，她要讓她的意志更頑強。她的意志？說得更確切一點，是她的恨意。是的，這看似猶豫的暫停其實是在召喚恨意，好讓這恨意與她同在，撐住她，片刻不離。

她跨過護欄，一躍而下。墜落的最後一瞬，她遭受堅硬的水面猛然撞擊，凍得身體都痲痹了，可是，經過漫長的幾秒鐘，她的臉抬起來了，而由於她是個游泳好手，渾身上下的不自主動作都奮起了，反抗著她的死亡意志。她再次把頭埋進水裡，用力吸水，堵住呼吸。這時，她聽見一聲大叫。從對岸傳來的一聲大叫。有人看到她了。她知道這下子要死也不容易了，她最大的敵人不再是游泳好手無法控制的反射動作，而是她沒料到的這個人。她不得不戰鬥。戰鬥，為了拯救她的死亡。

她殺人

她往叫聲的方向看去。有個人跳進河裡。她思忖：誰會比較快？是心意已決，留在水裡繼續吸水、溺水的她，還是正在接近的他？等她溺個半死，肺部積水，變得虛弱了，這個要救她的人不是更容易把她撈上岸嗎？他會把她拖往岸邊，把她放在地上，把水從她的肺裡壓出來，幫她做口對口人工呼吸，打電話給消防隊和警察，她會被救起來，永遠成為別人的笑柄。

「不要這樣，不要這樣。」那個男人大叫。

一切都改變了：她不再鑽進水裡，她抬起頭，深深吸了一口氣把力量集中。他已經來到她面前。他很年輕，是個想出名的青少年，想讓自己的照片登在報上，他只是不斷重複：「不要這樣，不要這樣！」他已經向她伸出手，而她並沒有躲開，她握住他的手，抓緊，往河底拖。他又大叫了一聲「不要這樣！」好像只會說這句話。不過他再也說不出來了；她抓住他的手臂，往河底拖，然後展身貼在他背上，讓他的頭溺在水裡。他反抗，他掙扎，他已經嗆水了，他想要打這個女人，可是她一直壓在他身上，他再也無法抬頭吸氣，在漫長的，非常漫長的幾秒鐘過後，他不再亂動了。她又這樣抱住他好一會兒，甚至可以說，她很累，她在發抖，她靠在他身上休息，然後，確定底下這個男人不會再動了，她才放開他，游向剛才離開的岸邊，不讓剛才發生的事在心裡留下暗影。

可這是怎麼回事？她忘記自己的決心了嗎？既然那個試圖將死亡從她身上奪走的人都死了，為什麼她不讓自己溺死？為什麼她終於自由的時候，卻不想死了？

意外尋回的生命像一次衝撞，打碎了她的決心；她已經無力再將精神集中於死亡；她顫抖著；她突然失去所有意志、所有氣力，以機械性的動作往剛才丟下車子的地方游去。

她回家

漸漸的，她覺得水變淺了，她的腳踩到水底，站了起來；她的皮鞋掉在淤泥裡，她也沒力氣去找了；她光著腳出了水，往公路爬上去。

重新發現的世界對她擺出一張冷淡的臉，恐慌立刻襲上她的心頭：她沒有車子的鑰匙！鑰匙在哪裡？她的裙子沒有口袋。一個人在走向死亡的時候，不會關心自己在路上留下了什麼。她下車時，未來已經不存在了。她不需要隱藏任何東西。可是現在，突然間，她得把一切都隱藏起來。不留任何痕跡。她越來越恐慌：鑰匙在哪裡？我要怎麼回家？

這時她來到車旁，拉了車門，她嚇了一跳，因為門一拉就開了。鑰匙在等她，鑰匙被她丟在儀表板那兒。她坐上駕駛座，赤著濕答答的腳踩在踏板上。她一直在發抖。她發抖也是因為寒冷。骯髒的河水浸濕她的襯衫、裙子流淌下來。她轉動鑰匙，驅車離去。

想把生命強加給她的那個人溺死了，而她想在肚子裡殺死的那個人還活著。自殺的念頭一筆勾銷，不再重複。年輕人死了，胎兒還活著，而她會不惜一切只求沒人發現事情的經過。她在發抖，她的意志在甦醒；她只想到眼前的事：如何走下車子不被人發現？如何避人耳目，穿著濕答答的洋裝從門房前面偷偷溜進去？

這時，亞瀾感覺肩膀被人狠狠撞了一下。

「小心一點，白痴！」

他轉身，看見人行道上有個年輕女孩健步從他旁邊走過。

「對不起。」他朝女孩的方向叫了一聲（用他微弱的聲音）。

「蠢蛋！」女孩如此回應（用她有力的聲音），連頭也沒回。

愛道歉的人們

亞瀾一個人待在他的單間套房裡，發現肩膀一直覺得痛，他心想，前天街上那個年輕女人撞他撞得這麼準，應該是故意的。他忘不了她叫他「白痴」時那種刺耳的聲音，他又聽見自己低聲下氣的「對不起」，接著是對方回應的「蠢蛋！」又來了，他又莫名其妙地道歉了！為什麼老是有這麼愚蠢的求人原諒的反射動作呢？回憶揮之不去，他覺得需要找人聊一聊。他打電話給瑪德蓮。她不在巴黎，手機沒開。於是他撥了夏勒的電話號碼，一聽見他的聲音，他就先賠了不是：「你別生氣。我心情很差，我需要找人聊一聊。」

「你來得正是時候，我心情也不好。你怎麼回事？」

「我在氣我自己。為什麼只要一有事我都覺得是自己的錯？」

「這種事不嚴重吧。」

「覺不覺得是自己的錯，我認為問題就在這裡。人生是一場所有人對抗所有人的鬥爭。這大家都知道。可是在一個堪稱文明的社會裡，這種鬥爭是怎麼進行的？人們不能一看到對方就撲過去。既然不能這樣，大家就會試著把犯錯的恥辱扔到別人身上。能讓對方產生罪惡感的就是贏家，認錯的就是輸家。你走在街上，滿腦子想著自己的事。迎面來了一個女孩，一副世界上只有她一個人的模樣，目不斜視，勇往直前。你們撞上了。這時真相的時刻就來了。誰會罵對方？誰會道歉？這是一個典型的情境，其實，這兩人既是撞人的，也是被撞的。可是，有人會立刻、本能地認為自己是撞了人的，所以也就是犯了錯的。也有些人一向是立刻、本能地認為自己是被撞到的，所以為了維護自己的權利，他們隨時準備起身責怪別人，讓他們受到懲罰。你呢，在這樣的情況下，你會道歉還是責怪別人？」

「我，肯定是道歉吧。」

「啊，可憐的傢伙，所以你也是屬於道歉一族的。你認為你道歉就可以息事寧人。」

「確實是這樣。」

「你搞錯了。道歉就是宣告自己有罪。如果你宣告自己有罪，你就是在鼓勵別人繼續公開辱罵你、揭發你，一直到死。這是隨著第一次道歉而來的致命的後續。」

「真是這樣的。真是不能道歉啊。不過，我還是比較喜歡人們會道歉的那種世界，所有人都會道歉，無一例外，白白道歉，誇大地道歉，為了一點芝麻小事也道歉，大家都被歉意困在那裡……」

「你說這話的時候聲音好悲傷。」亞瀾很驚訝。

「已經兩個小時了，我滿腦子都是我母親。」

「發生了什麼事？」

天使們

「她生病了。我擔心這次很嚴重。她剛打電話給我。」

「從塔布[4]打來的嗎?」

「嗯。」

「她自己一個人嗎?」

「我舅舅在她家。不過我舅舅比她還老。我很想馬上開車過去,可是不可能。今天晚上我有個工作不能臨時取消,一個蠢得不得了的工作。不過明天,我會去……」

「奇怪,我經常想到你母親。」

4. 塔布(Tarbes):法國南部城市,上庇里牛斯省的省會。

「你會喜歡她的。她很好笑。她都快走不動了，可是我們都把對方逗得很開心。」

「你愛開玩笑是從她那裡遺傳的。」

「或許吧。」

「真奇怪。」

「怎麼了？」

「根據你的描述，我一直想像她是從弗朗西斯．雅姆[5]的詩句裡走出來的。和她作伴的是生病的動物和年老的農民。驢子和天使圍繞著她。」

「是啊。」夏勒說：「她是這樣。」然後，過了幾秒鐘，他問道：「你為什麼會說到天使？」

「有什麼奇怪的嗎？」

「在我的劇本裡……」他停頓了一下，然後說：「你知道的，就是我那齣木偶戲的劇本，其實那只是說說笑，胡搞的，我根本沒寫，我只是在想像，可是我還能做什麼呢，其他事情沒一件讓我覺得好玩……所以，在這齣戲的最後一幕，我想像了一個天使。」

「天使？為什麼？」

「我也不知道。」

「那戲會怎麼結束？」

「到目前為止，我只知道最後會有個天使。」

「天使，對你來說，這是什麼意義？」

「神學不是我的強項。天使，我會有這樣的想像，其實是來自我們想要感謝別人的善良時會說的那句話：『你是個天使。』人們經常對我母親說這句話。所以你說你覺得我母親有驢子和天使陪伴，我很驚訝，因為她是這樣的。」

5. 弗朗西斯．雅姆（Francis Jammes，一八六八—一九三八）：法國抒情詩人，熱愛自然，篤信天主教，作品融合神秘與現實，歌頌樸實鄉間生活之樂。

「我也一樣，神學不是我的強項。我只記得有些天使被逐出天堂。」

「是啊。被逐出天堂的那些天使。」夏勒重複同樣的話。

「不然，我們還知道什麼天使的事？知道他們的身材苗條……」

「確實是，很難想像一個挺著大肚子的天使。」

「還有，他們有翅膀。他們是白色的。白色。嘿，夏勒，如果我沒記錯的話，天使沒有性別。或許這是關鍵，所以他們才會是白色的。」

「或許吧。」

「所以他們是善良的。」

「或許吧。」

然後，在一陣靜默之後，亞瀾說：「天使有肚臍嗎？」

「為什麼這麼說？」

「如果天使沒有性別，他們就不是從女人的肚子裡生出來的。」

「顯然不是。」

「所以他們沒有肚臍。」

「嗯，沒有肚臍，肯定是這樣的……」

亞瀾想起那個年輕女人，在度假別墅的游泳池畔，用食指碰觸她十歲的兒子的肚臍。他對夏勒說：「真奇怪。我也是，我最近這陣子不停地想像我母親……在所有可能與不可能的情境裡……」

「親愛的朋友，我們就此打住吧！我得去準備那場要命的酒會了。」

第四部・他們都在尋找好心情

卡利班

卡利班的第一份工作是演員，當時對他來說，這代表生命的意義；這個職業他是白紙黑字寫在證件上的，現在他長期領取失業補助金，靠的就是無演出合約的名目。他最後一次登台，演的是莎士比亞《暴風雨》裡的那個野蠻的卡利班。他的皮膚塗了棕色油膏，頭上戴著黑色假髮，大吼大叫，又蹦又跳的像個瘋子似的。朋友們對他的演出實在太著迷了，於是決定用這個讓人想起他演出的名字叫他。這已經是很久以前的事了。此後，劇場界對於是否找他演出始終卻步，而他的補助金也跟其他成千上萬的失業演員、舞者、歌手一樣逐年遞減。後來，幫人辦酒會為生的夏勒找了他當服務生。這麼一來，卡利班可以賺幾個錢，而且，他可以一直當演員——一個追尋失落天職的演員——他在這工作當中看到了機會，可以時不時改變一下身分。他腦子裡的美學理念有點天真（他的主保聖人——莎士比亞筆下的卡利班——不也很天真嗎？），他認為一個演員扮演的角色距離真實生活越遙遠，演出的成績就越輝煌。所以他陪夏勒工作時，堅持不當法國人，而是要假冒外國人，嘴裡說著身邊沒人能懂的一種語言。當他必須替自己找個新的祖國時，或許因為他的皮膚帶點古銅色，他選了巴基斯坦。沒什麼不好吧？挑一個祖國，沒有比這更簡單的事了。可是要編造祖國的語言，這才真是不容易。

您可以試試，隨興講一個虛構的語言，連續講個三十秒就好！您會開始打轉，重複同樣的一些音節，而您咿咿呀呀的騙局會被立刻拆穿。要編造一種不存在的語言，前提是要在聽覺上賦予它一種可靠的感覺：您得創造一種特殊的語音學，「a」或「o」的發音不能跟法國人一樣；您得決定重音要規律地落在哪一個音節。為了讓您說的話顯得自然，最好還要想像這些荒謬的發音背後有個文法結構，而且要知道哪個字是動詞，哪個字是名詞。還有，因為牽涉到一對朋友，所以決定另一個人扮演的角色——法國人，也就是夏勒——也很重要：雖然他不會說巴基斯坦話，但還是得要會說幾個字，萬一碰上緊急狀況，他們才能不講半句法文就瞭解對方要表達的重點。

這很難，但是很好笑。可惜的是，就算是最讓人陶醉的玩笑也逃不過邊際效益遞減的定律。雖然這兩個朋友在最初幾場酒會還挺樂的，卡利班還是很快就開始懷疑這苦心經營的神秘感根本沒有意義，因為那些客人對他完全不感興趣，他們發現他語言不通，就乾脆不聽，只會做一些簡單的手勢讓他知道他們想吃或想喝什麼。他成了一個沒有觀眾的演員。

白色的外套和年輕的葡萄牙女人

他們在酒會開始前兩小時到了達德洛的公寓。「夫人，這是我的助手。他是巴基斯坦人。不好意思，他一句法文也不會說。」夏勒說。卡利班對達德洛太太畢恭畢敬地鞠了躬，口中念念有詞，說了些沒人聽得懂的句子。達德洛太太連理都不理，冷淡之中帶著恰如其分的厭倦，讓卡利班的感覺更加確定，他知道自己苦心編造的語言是無用的，憂傷襲上他的心頭。

還好，緊接在失望之後，來了一樁小小的樂事安慰了他——達德洛太太派她的女傭來幫這兩位先生，女傭望著這個充滿異國情調的生物，目不轉睛。她開口跟他說了好幾次話，等她明白他只懂他自己的語言時，她先是覺得尷尬，接著是無比的輕鬆。因為她是葡萄牙人。既然卡利班對她說的是巴基斯坦話，她剛好可以趁這難得的機會，放棄自己一向不愛的法語，也只說母語。他們用他們不懂的兩種語言溝通，兩人卻因此更加靠近。

後來，一輛小貨車停在門外，兩名送貨員把夏勒訂的東西搬了上來，一瓶瓶葡萄酒和威士忌，火腿、義式臘腸、小點心，全都放在廚房裡。夏勒和卡利班在女傭的協助下，在客廳把一張長桌架起來，鋪上一塊巨大的桌巾，擺上餐盤、托盤、酒杯和酒瓶。接著，酒會的時間近了，他們退到達德洛太太指定的一個小房間裡。他們從一個行李箱裡拿出兩件白色上裝，然後穿上。他們不需要鏡子。他們看著對方，忍不住竊笑。這一向是他們短暫的娛樂時刻。他們幾乎忘記自己是為了餬口而工作；他們看自己披上白色的扮裝，還以為自己在玩遊戲。

然後夏勒往客廳去了，留下卡利班整理最後的幾個托盤。一個年紀很輕、很有自信的女孩走進廚房，轉身面對女傭說：「你一秒鐘也不准出現在客廳！如果我們的客人看到你，他們會逃走！」然後，她看著這個葡萄牙女人的嘴唇，放聲大笑說：「你從哪裡找來這種顏色啊？看起來好像一隻非洲的鳥！一隻布隆トトト的鸚鵡！」說完，她笑著走出廚房。

葡萄牙女人雙眼濡濕對卡利班（用葡萄牙語）說：「太太人很好！可是她女兒！她真的好壞！她這麼說是因為她喜歡您！她每次在男人面前都對我好壞！在男人面前羞辱我，她就開心了！」

卡利班不能回答，只能輕撫她的頭髮。她抬起眼看著他（用法語）說：「您看，我的口紅真的那麼醜嗎？」

她把頭左右轉動，好讓他看清楚她嘴唇的全貌。

「不醜，」他（用巴基斯坦話）說：「您口紅顏色選得很好……」穿上白色上裝的卡利班，在女傭眼裡看來更加雄偉，更如幻似真，她對他（用葡萄牙語）說：

「您在這裡，我好開心。」

而卡利班被自己的口才沖昏了頭，他說（一直都是用巴基斯坦話）：「不只是您的嘴唇，還有您的臉，您的身體，您的全部，我眼前所見的您，您很美，非常美……」

「噢，您在這裡，我真的好開心。」女傭（用葡萄牙語）回應。

掛在牆上的照片

不只是卡利班不再覺得自己裝神弄鬼有什麼好玩，對我的所有人物來說，這個晚上已經彌漫著感傷：夏勒向亞瀾坦承心裡的害怕，他擔心母親的病情；亞瀾被這孺慕之情感動，這是他從來不曾經歷的感情；他也被鄉下老婦的畫面感動了，老婦人來自他完全陌生的世界，但卻喚起他心裡更多的鄉愁。他很想延續他們的對話，可惜夏勒已經在趕時間，得把電話掛上了。亞瀾於是拿起手機打給瑪德蓮。可是電話響了又響；還是空響。經常在這樣的時刻，他就這樣將目光移向掛在牆上的一張照片。他的套房裡沒有其他照片，只有這張：一個年輕女人的臉；他的母親。

亞瀾出世幾個月後，她離開了她的丈夫，而這個丈夫什麼事都放在心裡，從來不曾說過她一句不好。一個心思纖細又溫和的男人。孩子不明白一個女人如何能拋棄一個如此纖細又溫和的男人，更不明白她如何能拋棄她的兒子——他也是（他自己也有自覺）從小（如果不說從受孕以來）就是個纖細又溫和的人。

「她住在哪裡？」他曾經問過父親。

「應該在美國吧。」

「你說『應該』是什麼意思？」

「我不知道她的住址。」

「可是她有責任要告訴你。」

「她對我沒有任何責任。」

「可是對我呢？她不想知道我的消息嗎？她不想知道我在做什麼嗎？她不想知道我想她嗎？」

有一天，父親忍不住了：「既然你一定要知道，我就告訴你好了：你母親根本不想把你生下來。她根本不想要你在這裡散步，她根本不想要你這麼舒服地癱在這張小沙發裡。她不想要你。這樣你懂了嗎？」

父親沒有咄咄逼人。可是，儘管他忍下所有不該說的，還是掩不住他對於一個女人想要阻止一個人類降生的那種神聖的無法苟同。

我已經說過亞瀾和他母親的最後一次相遇發生在一棟出租度假別墅的游泳池畔。當時他十歲。父親過世的時候，他十六歲。葬禮過後幾天，他把母親的相片從一本家庭相簿裡拆下來，裝了框，然後掛在牆上。為什麼他的套房裡沒有任何一張父親的相片呢？我不知道。沒道理嗎？當然。不公平嗎？毫無疑問。可事情就是如此：他的套房的牆上只掛了這麼一張相片——他母親的相片。時不時，他會跟這張相片說說話。

愛道歉的人是如何生成的

「為什麼你不去墮胎？他不讓你去嗎？」

相片裡傳出一個聲音對他說：

「你永遠不會知道答案。你編造的關於我的一切，都是童話故事。不過我很喜歡。就算你把我變成殺人犯，害一個年輕人淹死在河裡，我還是喜歡這一切。繼續下去，亞灡。說吧！想像吧！我在聽。」

於是亞灡想像：他想像父親的身體覆在母親身上。在交媾之前，她提醒他：「我沒有吃避孕藥，小心一點！」他要她放心。她信以為真，於是和他做愛，等她在男人臉上看到快感越漲越高，高潮越來越近，她開始大叫：「小心！」接著是：「不要！不要！我不想要！我不想要！」可是男人的臉越來越紅，又紅又噁心，她用力推開這具緊緊抱著她的沈重身體，她掙扎，他卻摟她摟得更用力，她突然明白了，他這麼做不是因為興奮而盲目，而是一種意志，冷靜盤算後的意志，而此刻從她心底升起的，是比意志更強大的恨意，因為戰敗而更加凶猛的恨意。

這不是亞瀾第一次想像他們交媾；他被這交媾催了眠，以為每個人都是他們受孕的那一秒鐘的翻版。他站在鏡子前，細看自己的臉，想在上頭找出賦予他生命的雙向同生的恨意留下的痕跡——那是男人的恨和女人在男人高潮時的恨；那是個性溫和而肉體強大的人的恨，配上勇敢無畏而肉體弱小的人的恨。

他心想，這雙重恨意的果實只能是一個愛道歉的人：他既溫和，心思又纖細，跟父親一樣；他像母親當年所想的，一直是個不速之客。一個人既是不速之客，個性又溫和，在邏輯上根本沒有其他出路，只能注定一輩子賠不是了。

他看著掛在牆上的那張臉，他又再一次看見那個戰敗的女人，穿著濕答答的洋裝上了車，避人耳目，偷偷從門房前面溜進去，爬上樓梯，赤腳走進公寓，在那裡待到不速之客離開她的身體，然後，在幾個月之後，拋棄他們兩人。

心情很糟的哈蒙來到酒會

雖然在盧森堡公園相遇之後，哈蒙的心裡萌生了同情，但是完全無法改變達德洛屬於他不喜歡的那種人的事實。關於這一點，儘管他們兩人有些共同點，像是：喜歡在別人面前炫耀；喜歡拿好玩的想法嚇嚇人；喜歡在眾人的目光下征服女人。唯一不同的地方是：哈蒙不自戀。他喜歡成功，但又害怕招來嫉妒：他喜歡受人仰慕，但是卻躲避仰慕者。他的低調轉變成對於孤獨的愛，原因是他在私生活裡受過幾次傷，而且從去年開始，他不得不加入走向墳墓的退休大軍；過去讓他顯得年輕的那些不守成規的言詞，如今卻讓他——儘管他的外表騙得了人——成了一個不合時宜、跟時代脫節的人物，也就是說，一個老人。

於是他決定不去他的老同事（這人還沒退休）邀他參加的酒會，

可是夏勒和卡利班信誓旦旦，說是只有他的出現才能讓他們越來越乏味的侍者工作變得可以忍受，他才在最後一刻改變了心意。不過，他很晚才到，在某位賓客發表對主人歌功頌德的演說之後很久才到。公寓裡擠滿了人，哈蒙一個也不認識，他朝那張長桌走去，他的兩個朋友正在桌子後頭為大家提供飲料。為了趕走壞心情，他咿咿呀呀模仿巴基斯坦話，跟他們說了幾句。卡利班則用正版的咿呀呀回應了他。

之後，他的心情還是很差，他拿了一杯酒，在陌生人之間晃來晃去，這時，一陣騷動引起他的注意，有幾個人轉頭望向玄關處的大門。一個女人出現在那裡，身形修長，美麗，約莫五十來歲。她將頭往後仰，手指伸進頭髮裡好幾次，把頭髮撩起，再讓頭髮優雅地垂落，將她臉上盡情悲戚的表情獻給每一個人；賓客當中沒有人真的見過她，可是所有人都因為照片而認得她：她就是那位弗宏克。她停在長桌前，非常專心，煞有介事地向卡利班指出她喜歡的幾種不同的派對小點心。

她的餐盤一下就放滿了，哈蒙想起達德洛在盧森堡公園告訴他的事：她剛剛失去她深愛的伴侶，而因為神奇的天意，在她的伴侶死去的那一刻，她的悲傷神聖地化為歡欣，她對生命的渴望放大了百倍。他觀察她：她把小點心放進嘴裡，她的臉因為用力咀嚼而激烈地動著。

達德洛的女兒（哈蒙看過她）一看見這位身形修長的名人，嘴裡立刻停了下來（她也正在咀嚼著什麼），兩條腿開始跑：「親愛的弗宏克！」她想要親吻她，可是這個名女人在肚子前面端了個餐盤，害她無法如願。

「親愛的弗宏克！」她又重複了一次，可是弗宏克的嘴正在處理嚼成一大團的麵包和義式臘腸，她沒辦法全部吞下去，於是用舌頭把那團食物推到臼齒和臉頰之間的空間；然後努力試著對這年輕女孩講幾個字，可她一個字也沒聽懂。

哈蒙往前走了兩步，好就近觀察她們。年輕的達德洛小姐吞下嘴裡的東西，用響亮的聲音說：「我全都知道，我全都知道！我們永遠不會讓您一個人孤孤單單的！」

弗宏克一臉茫然（哈蒙明白，她不知道這個正在對她說話的人是誰），她把一部分食物挪到嘴巴中間，咀嚼，囫圇吞了一半下去，然後說：「人類就是孤獨而已。」

「噢，真是太有道理了！」年輕的達德洛小姐大叫。

「一種孤獨被其他孤獨包圍。」弗宏克補充了一句，接著把剩下的食物嚥下去，轉身，走去別處了。

哈蒙沒有意識到，一抹淡淡的、愉快的微笑在他的臉上浮現。

亞瀾把一瓶雅馬邑白蘭地[6]放在櫥頂

約莫就在哈蒙臉上意外綻放淡淡微笑的那一刻，電話鈴聲響起，打斷了亞瀾關於愛道歉的人的起源的思索。他立刻知道是瑪德蓮打來的。實在很難理解，這兩個人怎麼有辦法老是講這麼久的話，還樂此不疲，而兩人共同的興趣是那麼少。哈蒙解釋他的瞭望台理論給亞瀾聽的時候——他說每一座瞭望台都矗立在歷史上一個個不同的時間點上，人們各自站在台上交談，卻無法彼此理解——亞瀾立刻想起他的女友，因為，多虧有她，他才知道，就算是真正的戀人，如果生日相隔太遙遠，兩人的對話也只會是兩則獨白的交纏，裡頭總有一大部分是對方無法理解的。所以，就拿這個當例子吧：他從來不知道瑪德蓮把從前那些名人的名字講得歪七扭八，到底是因為她從來沒聽過這些人，還是故意搞怪，要讓所有人知道，她對這些發生在她生命年代之前的事情完全不感興趣。亞瀾不會為此感到困擾。他覺得愉快，瑪德蓮是怎樣的人，他就這樣跟她在一起，之後他可以更自在，待在自己住處的孤獨裡，讓那些掛在牆上的博斯[7]、高更（以及不知還有哪些人的）作品的海報為他劃出私密天地的邊界。

他一直有個模糊的想法，認為自己如果早個六十年出生，應該會是藝術家。這確實是個模糊的想法，因為他不知道藝術家這個字眼在今天代表什麼意思。改行當櫥窗設計師的畫家？還是詩人？詩人還存在嗎？最近幾星期最讓他開心的，就是聽到夏勒的狂想，聽到他說他那齣木偶戲，聽到這令他著迷的無聊事，而他之所以著迷，正是因為這齣戲沒有任何意義。

6. 雅馬邑白蘭地（Armagnac）：與干邑白蘭地（Cognac）齊名的法國白蘭地。
7. 博斯（Jheronimus Bosch，一四五〇—一五一六）：荷蘭畫家，畫作多描繪人類罪惡和道德沈淪。

他知道做他喜歡做的事沒辦法養活自己（可是他知道自己喜歡做什麼嗎？），於是畢業後，他選的工作不需要展現創意、想法、才華，只需要聰明，也就是可以用數字衡量的這種能力，不同個體的能力只有量的差別，有的人多一些，有的人少一點，而亞瀾算是多的，所以他賺得多，可以時不時給自己買一瓶雅馬邑白蘭地。幾天前，他買了一瓶，因為他看見酒標上的年份恰是他的出生年，他暗自決定要在生日那天打開，跟朋友們一起慶祝他的榮光，屬於偉大非凡的詩人的榮光，而由於這位詩人對詩懷抱著謙卑的崇敬，他早已決定不再寫任何一行詩。

他跟瑪德蓮聊了很久之後，感到很滿意，甚至可以說很愉快，他拿起那瓶雅馬邑站上一張椅子，把酒放在一座很高（非常高）的櫥子上。然後他坐在地板上，靠著牆，盯著酒瓶看，他的目光緩緩將酒瓶變成王后。

夸克里克呼喚好心情

亞瀾望著櫥頂的酒瓶時，哈蒙不停責怪自己為何要待在這個他不想待的地方；這些人他沒一個喜歡，而且他一直在逃避，不想碰到達德洛；這時，他看見達德洛就在距他幾公尺遠的地方，站在弗宏克對面，試圖以他的口才誘惑她；為了躲遠一點，哈蒙再一次躲到長桌旁，卡利班正在那裡幫三位客人將波爾多葡萄酒倒進杯裡；他透過手勢和鬼臉要讓他們明白，那是罕見的好酒。這三位深諳品酒之道的先生舉杯在掌心溫了好一會兒，然後含一口在嘴裡，刻意對其他人展示臉上的表情，先是全神貫注，接著是驚歎，最後是高聲宣告他們的陶醉。一切只持續了一分鐘，他們的對話就把這場味覺的盛宴粗魯地打斷了，哈蒙觀察著他們，他覺得自己像在參加一場葬禮，看著三名掘墓人將塵土般的閒扯拋在棺木上，埋葬葡萄酒崇高的醇美；再一次，他的臉上浮現一抹愉快的微笑，就在此刻，從他背後傳來一個聲音——非常微弱，幾乎聽不到，與其說是在說話，不如說是一陣咻咻的氣音：「哈蒙！你在這裡幹嘛？」

哈蒙轉身一看：「夸克里克！那你在這裡幹嘛？」

「我在找新的女朋友。」夸克里克答道，他那張極其乏味的小臉亮了起來。

「我親愛的朋友，」哈蒙說：「你還是跟我從前認識的你一樣。」

「你知道的，厭倦，沒有比這更糟的事了。所以我要換女朋友。不然的話，心情會不好！」

「啊，好心情！」哈蒙驚呼一聲，彷彿這幾個字給了他什麼啟示：「是啊，你說出重點了！好心情！就是這個，沒別的了！啊，看到你真高興！幾天前我才跟我的朋友們提到你，噢，我的夸克，我的夸克里，我有好多事要跟你說……」

就在此刻，就在距他幾步之遙的地方，他瞥見一張漂亮的臉龐，那是他認識的一個年輕女人；此情此景令他深深著迷，彷彿這兩個巧遇——被同一段時光神奇地串了起來——讓他充滿活力；「好心情」這幾個字像一聲呼喚，在他的腦海裡迴盪不去。「抱歉，」他對夸克里克說：「我們等一下再聊，現在……你明白的……」

夸克里克露出微笑：「我當然明白！快去，快去！」

「茱莉，真高興在這裡又遇到您，」哈蒙對那年輕的女人說：「我已經一千年沒看到您了。」

「這都是您的錯。」年輕女人回答，一邊放肆地看著他的眼睛。

「直到這一刻之前，我都還不知道是什麼非理性的原因把我帶來這個死氣沈沈的宴會。現在，我終於知道了。」

「就這麼一下，死氣沈沈的宴會不再死氣沈沈了。」茱莉笑了。

「您把沈沈的死氣驅散了，」哈蒙也笑著說：「不過，您怎麼會來這裡呢？」

她指著一圈人——中間圍著一位有名的老教授（非常老的教

授）——她說：「他總是有話要說。」接著，她露出意有所指的微笑說：「我等不及要再見到您，今天，再晚一點……」

哈蒙心情極佳，他瞥見夏勒在長桌後頭怪模怪樣的，心不在焉，兩眼直盯著上面不知什麼地方。這古怪的姿勢激起他的好奇心，然後他告訴自己：不必去管上頭發生的事真讓人開心，活在底下真讓人開心；他看著正要離去的茱莉；她臀部的晃動正在向他打招呼，正在對他發出邀約。

第五部・一根小羽毛在天花板下飄來飄去

一根小羽毛在天花板下飄來飄去

「夏勒……怪模怪樣的，心不在焉，兩眼直盯著上面不知什麼地方……」這是我寫在前一章最後一段的幾個字。到底，夏勒看著上面在觀察什麼？

一個細小的東西在天花板下輕輕顫動；一根小小的白羽毛，緩緩飄著，落下，升起。在鋪著桌巾擺滿酒瓶和杯盤的長桌後頭，夏勒站著，動也不動，頭微微仰起，賓客一個接著一個被這姿勢激起了好奇心，開始跟隨他的目光。

夏勒觀察小羽毛飄忽的行跡，心裡感到一陣焦慮；他想到自己這幾個星期一直在想的天使，正在用這樣的方式通知他，祂已經在這一帶，非常靠近了。說不定是這個天使被逐出天堂前受到驚嚇，於是這根幾乎看不見的細小羽毛脫離了翅膀，猶如一道焦慮的痕跡，猶如與星辰共度快樂生活的一個紀念，猶如一張名片，說明天使降臨並宣告死亡即將來臨。

可是夏勒還沒準備好要面對死亡；死亡，他想要將它推遲。母親生病的畫面在他眼前湧現，他的心揪結起來。

但是小羽毛就在那裡，再度飛升，再度落下，而在客廳的另一頭，我們的弗宏克也一樣，她也望著天花板。她舉起手，豎起食指，好讓小羽毛降落在上頭。可是小羽毛避開了弗宏克的指頭，繼續它的遊蕩……

一場夢的結束

在我們的弗宏克舉起的手指上方，小羽毛繼續它飄忽的行跡，我則是想像二十來個男人圍在一張大桌旁，目光向上，儘管沒有什麼小羽毛在飄；他們更困惑也更焦慮的是，讓他們驚恐的東西不在面前（像敵人那樣，我們可以殺了他），也不在下面（像個陷阱，秘密警察可以破解它），而是在他們上面的某個地方，像一個看不見的威脅，無形，無從解釋，無法捕捉，無從懲罰，惡意而神秘。有幾人從椅子上站起來，不知要往何處去。

我坐在大桌的盡頭，不動聲色，我看見史達林低聲咕噥：「冷靜一點，你們這些膽小鬼！有什麼好怕的？」然後，他提高音量說：「通通坐下，還沒有散會呢！」

在窗邊的莫洛托夫[8]低聲說：「約瑟夫，有些事情正在醞釀。聽說他們要鬥垮你。」然後，在史達林嘲弄的目光下，在史達林沈默的壓力下，他溫馴地低下頭，坐回他在桌邊的椅子。

等所有人都回到自己的位子上，史達林說：「這叫做一場夢的結束！每一場夢都有結束的一天。這種事無法預期，也無可避免。你們不知道嗎？無知透頂的傢伙！」

所有人都不吭聲，只有加里寧按捺不住，高聲宣示：「不管發生什麼事，加里寧格勒永遠都是加里寧格勒！」

「說得很對。我很高興知道康德的名字會永遠跟你的名字連在一起。」史達林答道，他越來越開心了。「因為你知道，康德他完全配得上你。」他的笑聲，既孤獨又愉快的笑聲，久久飄蕩在大廳裡。

milan kundera

哈蒙在笑話結束時的哀歌

史達林的笑，遙遠的回聲在客廳裡幽幽顫動。夏勒在放飲料的長桌後頭，目光依舊盯著我們的弗宏克豎起的食指上方的小羽毛，哈蒙則是在所有這些向上仰起的人頭中間，因為時機來了而感到開心，他終於可以避開眾人耳目，偷偷跟茱莉一起溜走了。他左看右看，都沒看到她的人影。他一直聽到她的聲音；她最後說的那些話在耳邊迴響，像是某種勸誘。他一直看到她美妙的臀部，一邊離去一邊對他傳情。有沒有可能，她是去上廁所？去補個妝？他穿進一條小走廊，在門口等她。好幾個女人走了出去，用懷疑的目光看他，可是她沒有出現。事情太明顯

8. 莫洛托夫（Molotov，一八九〇—一九八六）：前蘇聯政治人物，曾任蘇聯人民委員會主席、外交部長等要職，史達林領導班子的第二號人物。

了，她已經離開了。她只是在應付他。事情一旦清楚了，他只想丟下這場淒涼的聚會，一刻也不多留，立刻離開。於是他往門口走去，可是就在距離門口幾步之處，卡利班端著托盤出現在他前面。他說：「老天，哈蒙，幹嘛這麼愁眉苦臉的！快來喝一杯威士忌。」

對朋友怎麼擺得了臉？而且他們突然的相遇有一種無可抗拒的誘惑：因為周圍所有的蠢蛋都像被催了眠，目光轉向上面，望向同一個荒謬的地方，而他終於可以單獨和卡利班留在底下，在地面，完全私密，像在一座自由之島。他們停下來，為了說點什麼來尋開心，卡利班用巴基斯坦話說了一個句子。

哈蒙（用法語）回答：「恭喜你，我親愛的朋友，你的語言表演太精彩了。可是你沒讓我開心起來，反而更讓我陷入哀愁。」

他在托盤上拿了一杯威士忌，喝完，放回去，又取了第二杯，拿在手裡說：「你和夏勒，你們發明了這齣巴基斯坦話的鬧劇，在社交酒會裡自娛，而你們在這裡只是可憐的僕役，供這些裝高雅的傢伙差遺。故弄玄虛的樂趣可以保護你們，這也曾經是我們大家的策略。我們從很久以前就知道，這個世界已經不可能推翻，不可能改造，也不可能讓它向前的悲慘進程停下來了。我們只有一種可能的抵抗，就是不把它當一回事。可是我發現我們的玩笑已經失去力量了。你為了找樂子，勉強自己去說巴基斯坦話，結果是徒勞無功。你感覺到的只有疲倦和厭煩。」

他停頓了一下，看見卡利班把食指貼到嘴唇上。

「怎麼啦？」

卡利班朝一個矮個子禿頭男人的方向點頭示意，這人約莫在兩、三公尺外，是唯一沒有將目光對準天花板而是對準他們的人。

「那又怎麼樣？」哈蒙問道。

「別說法語！他在聽我們講話。」卡利班低聲說。

「可是你有什麼好擔心的？」

「拜託你，不要說法語！已經一個小時了，我覺得他一直盯著我。」

哈蒙明白他的朋友真的開始焦慮了，他用巴基斯坦話煞有介事地說了幾句。

卡利班沒有反應，然後，心情平靜一點之後，他說：「現在，他在看別的地方了。」接著說：「他走了。」

心情混亂的哈蒙喝完威士忌，把空杯子放在托盤上，又機械性地拿了另一杯（已經是第三杯了）。然後，他用認真的語氣說：「我向你發誓，我從來沒想過這樣的可能性。可是事情就是如此！如果有個真相的僕役發現你是法國人！那麼，當然了，你會變成嫌疑犯！他會認為你一定是有什麼曖昧的理由才會隱藏自己的身分！他會去報警！到時候你會被偵訊！你會解釋說你的巴基斯坦話是在開玩笑。他們會笑：怎麼有這麼蠢的說辭！你一定是正在準備做壞事！他們會給你戴上手銬！」

他看到卡利班的臉上再度出現焦慮，他說：「別這樣，別這樣，忘記我剛才說的！我說的都是蠢話！我太誇張了！」然後，他把音量放低，又說了：「可是，我瞭解你。玩笑是危險的。老天，你可得明白這一點！別忘了史達林說給他朋友聽的山鶉故事。別忘了赫魯雪夫，他在廁所裡大吼大叫！他是真相的大英雄，他不屑地吐了口水！這一幕是先知的預言！這一幕真正開啟了一個新的時代。這是玩笑的黃昏！後玩笑的年代！」

一小片愁雲又從哈蒙的頭上飄過一次，因為茱莉和她的臀部正在離去的畫面又在他的腦海裡浮現了，歷時三秒；很快地，他喝完手上的酒，把杯子放回去，拿了另一杯（第四杯），然後向卡利班宣告：「我親愛的朋友，我只缺一樣東西，就是好心情！」

卡利班又往他的四周看了看，矮個子的禿頭男人已經不在了；這讓他平靜下來；他露出微笑。

哈蒙繼續說下去：「啊，好心情！你從來沒讀過黑格爾[9]嗎？當

9. 黑格爾（Hegel，一七七〇—一八三一）：德國哲學家，十九世紀唯心論代表人物，對馬克思歷史唯物論有深遠影響。

然沒有。你連他是誰都不知道。可是創造我們的主人從前逼我要研究他。在黑格爾關於喜劇性的反省裡，他說如果沒有無窮的好心情，真正的幽默是無法想像的，你聽清楚，這可是他清清楚楚說出來的：『無窮的好心情』；『unendliche Wohlgemutheit』。不是嘲笑，不是諷刺，不是挖苦。只有從無窮的好心情的高度，你才能觀察底下的人們永恆的蠢事，因而發笑。」

接著，停頓一下之後，他手拿酒杯，緩緩說道：「可是好心情，要怎麼找呢？」他喝了酒，把空杯子放在托盤上。卡利班對他露出告別的微笑，轉身離去。哈蒙朝他漸漸遠去的朋友舉起手臂，大叫：「好心情，要怎麼找呢？」

我們的弗宏克走了

哈蒙聽到的回答盡是叫聲、笑聲、掌聲。他轉過頭，看著客廳的另一頭，小羽毛終於降落在弗宏克豎起的食指上——她把手盡可能舉到最高，像是樂團指揮在指揮一首大型交響曲的最後幾節。

然後，興奮的觀眾慢慢平靜下來，我們的弗宏克（她的手一直舉著）用洪亮的聲音（雖然嘴裡還有一塊蛋糕）朗誦：「上天給了我這個訊息，我的生命會比從前更美麗。生命比死亡強大，因為死亡是生命的養分！」

她閉上嘴，看看觀眾，然後把最後剩下的蛋糕吞下去。

周圍的人們拍著手，達德洛靠到弗宏克的身邊，彷彿要以眾人之名擁抱她。可是她沒看到達德洛，她的手始終向著天花板高舉，小羽毛掐在拇指和食指之間，緩緩地，她踩著舞步，輕巧地顛顛跳跳往門口的方向去了。

哈蒙走了

哈蒙看著這畫面，滿心讚歎，他感覺笑在他的身體裡重生了。笑？黑格爾定義的好心情終於從上面留意到他，並且決定在那兒接待他了嗎？這難道不是個召喚？要讓人抓住這笑，盡可能長久地保留在心裡。

他鬼祟的目光落在達德洛身上。他躲了他一整晚。他是不是該禮貌性地去向他道別？不！他才不會去破壞自己的好心情，破壞這獨特的美好時刻！他得盡快走出去。

他很開心，醉醺醺的，下了樓梯，走到街上叫計程車。時不時他就爆出一陣笑。

夏娃之樹

哈蒙在叫計程車，亞瀾在他的套房裡，坐在地板上，背靠著牆，低著頭；或許他在打盹。一個女人的聲音將他喚醒：

「我喜歡你已經說給我聽的這一切，我喜歡你編造的一切，我沒有什麼要補充的。除了，或許，關於肚臍的那些。對你來說，無肚臍女人的原型，是天使。對我來說，是夏娃，世界上的第一個女人。她不是從肚子裡生出來的，而是因為心血來潮，因為造物者的心血來潮而誕生。第一條臍帶就是出自她的陰戶，一個無肚臍女人的陰戶。如果我相信《聖經》的說法，那就還有其他臍帶從那裡出來，每一條的末端都掛著一個小男人或一個小女人。男人的身體始終沒有延續，完全無用，而每個女人的性器官都會出來另一條臍帶，末端有另一個女人或另一個男人，這一切重複了數百萬又數百萬次之後，變成一棵巨大的樹，一棵由無限個身體形成的大樹，枝葉參天。你想像一下，這棵巨樹扎根在唯一的小女人——第一個女人——可憐的無肚臍夏娃的陰戶裡。

我呢，我懷孕的時候，把自己看作這棵樹的一部分，掛在其中的一條臍帶上，而你呢，還沒出生，我想像你掛在從我身體出去的臍帶上，飄蕩在空中，從這一刻開始，我夢見一個殺人犯，他在最底下，掐住無肚臍女人，我想像她的身體，奄奄一息，死去，分解，於是從她身上長出的這棵大樹一下子沒了根，沒了基底，開始倒下，我看到無窮無盡的枝葉如暴雨般落下，請不要誤解我，我夢見的不是人類歷史的終結，不是未來的毀棄，不，不是，我想要的是人類完全消失，連同他們的過去和未來，連同他們的開始與結束，連同他們存在的期間，連同他們所有的回憶，連同尼祿[10]與拿破侖，連同佛陀與耶穌，我希望扎根在第一個女人的無肚臍小肚子裡的那棵樹完全毀滅——這個蠢女人不知道自己在做什麼，這次悲慘的交媾肯定沒帶給她絲毫快感，卻要我們付出這麼恐怖的代價……」

母親的聲音沈默了，哈蒙攔下一輛計程車，亞瀾則是靠在牆上，繼續打盹。

10. 尼祿（Nero Claudius Caesar Augustus Germanicus，三七—六八）：古羅馬帝國皇帝，著名的暴君。

第六部・天使的墜落

向瑪麗安娜告別

最後幾位賓客離開了，夏勒和卡利班把白色上裝收進行李箱，變回普通人。葡萄牙女人一臉憂傷，幫他們收拾餐盤、刀叉、酒瓶，把所有東西都放在廚房的角落，等送貨員第二天來收走。她一心想要幫忙，從頭到尾都待在他們身邊，搞得這兩位朋友累到無以為繼，再也沒辦法神經兮兮地鬼扯，也沒有一秒鐘可以休息，沒有片刻可以用法語交換一下正常的想法。

脫下白色上裝的卡利班在葡萄牙女人眼裡看來，宛如天神走入塵世，成為凡人，就連一個可憐的女傭也可以隨便跟他說上話了。

「您真的完全聽不懂我說的話嗎？」她（用法語）問他。

卡利班（用巴基斯坦話）答了一下，他說得很慢，刻意加重每一個音節，眼神直盯著她的雙眼。

她專心聽他講話，彷彿這語言的速度放慢，對她來說會變得比較容易理解。但她終究得承認失敗：「就算您慢慢說，我還是什麼也聽不懂。」她難過地說。接著她對夏勒說：「您可以用他的語言跟他說些什麼嗎？」

「只有最簡單的句子，而且是跟食物有關的。」

「我知道了。」她歎了一口氣。

「您喜歡他嗎？」夏勒問道。

「嗯。」她臉都紅了。

「我可以為您做什麼嗎？要不要我告訴他，您喜歡他？」

「不要。」她猛搖頭說：「您跟他說，跟他說……」她想了一下：「您跟他說他在這裡，在法國，應該覺得很孤單吧。非常孤單。我想跟他說，如果他需要什麼，需要幫忙，或者甚至他要吃東西……我可以……」

「您叫什麼名字？」

「瑪麗安娜。」

「瑪麗安娜，您是一位天使。突然出現在我旅程中的一位天使。」

「我不是天使。」

夏勒突然擔心起來，他表示同意：「我也希望不是。因為只有在走向死亡的時候我才會看見天使。而死亡，我想要盡可能把它推得越遠越好。」

他想著母親，忘了瑪麗安娜請他做的事；等她用哀求的聲音提醒他，他才想起。

「我剛才拜託過您，先生，請您跟他說……」

「啊，是啊。」夏勒說，他對卡利班發出好幾個荒唐可笑的音。

卡利班靠到葡萄牙女人面前，吻了她的嘴，可是她雙唇緊閉，於是他們的吻成了某種堅守的貞潔。然後，她跑開了。

她的害羞讓他們滿懷鄉愁。靜靜的，他們下了樓梯，坐上車。

「卡利班！你醒一醒！她不適合你！」

「我知道，可是，你就讓我遺憾一下吧。她一片好意，我也很願意做一些對她好的事。」

「可是你根本沒辦法做什麼對她好的事啊。光是你的出現，就只會傷害到她。」夏勒說完，發動了車子。

「我知道。可是我也沒辦法呀。她喚起了我的鄉愁。對於貞潔的鄉愁。」

「什麼？對於貞潔？」

「是啊。雖然我花名在外，可是我對於貞潔有一種無法滿足的鄉愁！」他又接著說：「我們去一下亞瀾家吧！」

「他已經睡了。」

「我們把他叫醒。我很想喝酒，跟你還有他一起喝，一起為貞潔的榮光乾杯。」

雅馬邑白蘭地高高在上

一聲又長又刺耳的汽車喇叭聲在街上響起。亞瀾打開窗戶。樓下，卡利班用力關上車門，大喊：「是我們！可以上去嗎？」

「可以呀！上來！」

卡利班在樓梯上叫著：「你家有沒有喝的？」

「我真是不認得你了！你從來不是愛喝的人！」亞瀾一邊說，一邊把套房的門打開。

「今天例外！我要為貞潔乾杯！」卡利班一邊走進套房，一邊說，身後跟著夏勒。

亞瀾猶疑三秒之後，又變回溫厚的語氣：「如果真的想為貞潔乾杯，你來得還真是時候……」他作勢指著高踞櫥頂的酒瓶。

「亞瀾，我得打個電話。」夏勒說；他不想讓人聽見，於是消失在門口，把門在身後關上。

卡利班望著櫥頂的酒瓶說：「雅馬邑！」

「我把它放在上面，讓它像個王后坐在寶座上。」

「那是哪一年的？」卡利班試著要看清楚酒標，然後，他讚嘆道：「啊，不會吧！怎麼可能！」

「打開吧。」亞瀾下了命令。卡利班拿了一張椅子爬上去，可是就算站在椅子上，他還是只搆得到瓶底，酒瓶高高在上，根本搆不著。

叔本華[11]的世界

史達林在同一張大桌的盡頭被同一群同志圍住，他轉頭對加里寧說：「相信我，親愛的朋友，我也很確定著名的伊曼努爾・康德的城市會永遠叫做加里寧格勒。作為康德故鄉的命名人，你能不能為我們解釋一下，康德最重要的想法是什麼？」

加里寧一無所知。所以，還是老樣子，史達林對這些人的無知感到厭煩了，自己給了答案：

「康德最重要的想法，各位同志，就是『物自體』，用德文說就是：『Ding an sich』。康德認為在我們的表象後頭，有一個客觀的物，一個『Ding』，是我們無法認識的，然而，它卻是真實的。可是

11. 叔本華（Schopenhauer，一七八八—一八六〇）：德國哲學家，唯意志主義的開創者。

這想法是錯的。在我們的表象後頭，沒有什麼真實的東西，沒有任何『物自體』，沒有任何『Ding an sich』。」

所有人都聽著，不知所措，史達林繼續說：「叔本華比較接近真理。各位同志，叔本華最偉大的想法是什麼？」

所有人都在躲避主考官嘲弄的目光，而主考官還是依照他著名的老樣子，自己給了答案：

「叔本華最偉大的想法，各位同志，就是世界只不過是表象和意志而已。也就是說，在我們所見的世界後頭，沒有任何物體，沒有任何『Ding an sich』，而為了讓這個表象存在，為了讓表象真實，必須要有一個意志；一個巨大的意志才能將表象強加於人。」

日丹諾夫[12]靦腆地抗議了：「約瑟夫，把世界當作表象！你一輩子都在逼我們去證明那是資產階級唯心主義哲學的謊言！」

史達林說：「日丹諾夫同志，意志最重要的屬性是什麼？」

日丹諾夫沒吭聲，史達林答道：「是它的自由。它可以證明它想要證明的。這我們暫且不說。真正的問題是這樣的：地球上有多少人，世界就有多少表象；這無可避免會產生混亂。如何在這片混亂中建立秩序？答案很清楚：把唯一的表象強加給每一個人。而我們要強加這個表象，只能透過唯一的意志，唯一的巨大意志，一個在所有意志之上的意志。我就是這麼做的，竭盡全力去做。我向你們保證，在一個強大意志的控制下，人們不論什麼都會相信的！噢，各位同志，不論任何事！」史達林笑了，笑聲裡洋溢著幸福。

他想起山鶉的故事，他以促狹的目光看著他的部屬，尤其是赫魯雪夫這個小胖子，此刻兩頰通紅的他，再次鼓起勇氣說：「可是，史達林同志，就算從前不管你說什麼他們都相信，現在他們也完全不相信你了。」

12. 日丹諾夫（Jdanov，一八九六—一九四八）：前蘇聯政治人物，史達林時期主管意識形態的主要領導人。

一拳敲在桌上，聲音四處迴盪

「你完全明白了，」史達林答道：「他們不再相信我了。因為我的意志疲倦了。我可憐的意志，我把它完全貫注在這場夢裡，而全世界也把它當真了。我為此奉獻了全部的力量，犧牲了自己。請你們回答我，各位同志：我是為誰犧牲的？」

同志們嚇呆了，連開口的勇氣都沒有。

史達林自己給了答案：「我的犧牲，各位同志，是為了人類。」

大家彷彿鬆了一口氣，頻頻為這番偉大的言論點頭稱是。卡岡諾維奇[13]甚至還鼓了掌。

「可是什麼是人類？這一點也不客觀，這只是我的主觀表象，也就是我可以用我的眼睛在我周圍看到的。而我的眼睛一天到晚看到了什麼？各位同志，我看到的就是你們，你們啊！還記得廁所的事吧，你們關在裡頭破口大罵，批評我的二十四隻山鶉的故事！我在走廊上聽你們大吼大叫，覺得非常有意思，可是同時我也告訴自己：我浪費了自己的力氣，為的就是這些呆瓜嗎？我是為了這些傢伙而活的嗎？為了這些可憐蟲？為了這些平庸得過分的蠢貨？為了這些小便池邊的蘇格拉底？一想到你們，我就覺得我的意志軟弱了，疲憊了，厭倦了，而我們的夢，我們美麗的夢，不再受到我的意志支持，像一座被敲斷所有柱子的巨大建築，崩塌了。」

為了說明這種崩塌，史達林讓他的拳頭落在桌上，桌子震動著。

13. 卡岡諾維奇（Kaganovitch，一八九三—一九九一）：前蘇聯政治人物，史達林時期中央委員會委員，史達林的忠實追隨者。

天使的墜落

史達林敲下的這一拳在他們的腦海裡迴盪良久。布里茲涅夫[14]看著窗外，終於忍不住了，他無法相信自己看到的：有個天使掛在屋頂上，展開雙翼。他從椅子上站起來說：「有個天使，有個天使！」

其他人也站了起來：「天使？我沒看到呀！」

「真的有啊！在上面！」

「老天，還有另一個！祂掉下來了！」貝利亞[15]驚呼一聲。

「白痴，還會有很多呢，你們等著看祂們掉下來吧。」史達林低聲說。

「天使，這是個徵兆啊！」赫魯雪夫說道。

「徵兆？這到底是什麼的徵兆？」布里茲涅夫哀嘆著，嚇得無法動彈。

陳年的雅馬邑流淌在地板上

究竟，這墜落是什麼的徵兆？是一個被謀殺的烏托邦，而此後再無其他的烏托邦？是一個再也無法留下任何痕跡的時代？是被拋擲到空中的書、畫？是不再成其為歐洲的歐洲？是不再有人為之發笑的笑話？

亞瀾沒問這些問題，他嚇壞了，因為他看到手裡抓著酒瓶的卡利班，剛從椅子上摔到地上。他傾身靠在卡利班動也不動、仰躺的身體上方。只有陳年的雅馬邑（噢，非常非常老的雅馬邑）從破掉的酒瓶流出，兀自在地板上流淌。

14. 布里茲涅夫（Brejnev，一九〇六—一九八二）：前蘇聯政治人物，赫魯雪夫的繼任者，曾任蘇聯共產黨中央委員會總書記、最高蘇維埃主席團主席（國家元首）。
15. 貝利亞（Beria，一八九九—一九五三）：前蘇聯政治人物，長期擔任內務人民委員部（秘密警察）首腦。

一個陌生男人向他的情人告別

同一時間，在巴黎的另一頭，一個美麗的女人在她的床上醒來。她也聽到一個強而有力的短促聲響，像一記拳頭敲在桌上；在她閉上的雙眼後頭，夢境的回憶依然鮮活；半夢半醒之間，她想起那是春夢；具體的畫面已經模糊了，可是她還感覺得到好心情，因為，這些夢境不是多麼令人著迷或難以忘懷，但是令人愉快，這是毫無疑問的。

然後，她聽見：「真的是太美好了」；直到此刻她才睜開眼，看見一個男人在門邊，正要離去。這個聲音很尖，很微弱，單薄，脆弱，跟這個男人很像。她認識這個人嗎？當然認識；她隱約想起：在達德洛家的一場酒會，對她頗有情意的老哈蒙也在；為了躲開他，她讓一個陌生男人陪著她；她記得他很客氣，非常低調，幾乎讓人看不見，她甚至想不起來他們是何時分開的。可是老天，他們分開了嗎？

「真的是太美好了，茱莉。」他在門邊又重複了一次，她有點驚訝，心想，這男人肯定是跟她在同一張床上過了夜。

不祥的徵兆

夸克里克又舉起手做最後一次告別，然後走到街上，坐進他那輛不起眼的車子裡，而在巴黎另一頭的一間套房裡，卡利班在亞瀾的協助下從地上站了起來。

「你沒事吧？」

「沒事，完全沒事。一切正常。除了雅馬邑……已經沒有了。對不起，亞瀾！」

「愛道歉的人，這角色是我負責扮演的。」亞瀾說：「是我的錯，是我讓你爬到這張壞掉的舊椅子上的。」然後，他憂心忡忡地說：「可是，我的朋友，你一跛一跛的！」

「一點點而已，沒關係。」

這時，夏勒從門口回來了，他把他的手機闔上。他看見卡利班姿勢怪異地弓著身子，手裡還拿著那只破酒瓶。他說：「發生了什麼事？」

「我把酒瓶打破了，」卡利班對他說：「已經沒有雅馬邑了。這是個不祥的徵兆。」

「是啊，非常不祥的徵兆。我得立刻趕去塔布。」夏勒說：「我母親病危了。」

史達林和加里寧逃了

天使墜落，這當然是個徵兆。在克里姆林宮[16]的某個廳裡，每一雙眼睛都盯著窗口，每個人都心懷恐懼。史達林露出微笑，趁著沒有人看他的時候，他從大廳角落的一扇小暗門離開了。他打開門，走進一個沒有窗戶的小房間。他在那裡脫下他漂亮的列寧裝，穿上一件又破又舊的雪衣，再拿起一把獵槍。他打扮成一個山鶉獵人，回到大廳，朝著通往走廊的大門走去。所有人的目光都盯著窗口，沒有人看到他。就在最後一刻，就在他伸手握住門把的時候，他停了一秒鐘，彷彿想以促狹的目光看看同志們最後一眼。就在這時候，他的眼神和赫魯雪夫交會了，後者開始大叫：「是他！你們看見他穿上他的衣服了嗎？他要讓所有人相信他是個獵人！他要丟下我們，讓我們自己陷在爛泥巴裡！可是有罪的人是他！我們都是受害者！我們都是被他害的！」

史達林已經在走廊上走遠了，而赫魯雪夫在搥牆壁，拍桌子，用他那雙鞋油抹得亂七八糟的烏克蘭大皮靴跺地。他鼓動其他人一起洩憤，不久，所有人都一起大聲嘶吼，叫罵，跺腳，蹦跳，搥牆壁，搥桌子，拿椅子敲打地面，整間大廳迴盪著地獄的聲響。這樣的喧嘩跟從前一樣——他們在休息時聚在廁所裡，在飾著花朵圖案的彩色陶瓷小便斗前發出同樣的聲響。

所有人都在那裡，像從前一樣；只有加里寧，他默默離開了。他被一股緊迫的尿意追趕，他在克里姆林宮的走廊上流浪，卻連一個小便池也找不到，最後終於跑到街上去了。

16. 克里姆林宮（Kremlin）：前蘇聯黨政中央機關所在地。

第七部・無謂的盛宴

摩托車上的對話

第二天，約莫上午十一點，亞瀾跟他的朋友哈蒙和卡利班相約在盧森堡公園旁的美術館前。在走出他的套房之前，亞瀾轉身向照片上的母親說了「再見」。然後，他走到街上，走向他停在不遠處的摩托車。跨上摩托車的時候，他有一種模糊的感覺，覺得背後好像靠著一個身體。彷彿瑪德蓮跟他在一起，而且還輕輕地碰觸著他。這幻覺讓他感動，像在對他展現他對女朋友的愛；他發動了摩托車。

然後他聽到後面傳來一個聲音：「我還想跟你說說話。」不，這不是瑪德蓮。他認出那是母親的聲音。

路上到處都是車，他聽見：「我想確定你和我之間沒有誤會，我們都很瞭解彼此……」

他不得不煞車。一個行人鑽出來要穿越馬路，轉身對他做出威脅的手勢。

「坦白說，我一直覺得很可怕，我把一個不曾要求來到世界的人送到這個世界。」

「我知道。」亞瀾說。

「你看看你的周圍：你所看到的每一個人，沒有一個是自願來到這裡的。當然，我剛才說的是所有事實當中最平常不過的事實。因為它這麼平常，又這麼根本，所以大家視而不見，聽而不聞了。」

他繼續騎在一輛貨車和一輛轎車之間，這兩輛車從幾分鐘之前就從兩側一直夾擠他。

「大家都七嘴八舌地在議論人權。真是笑話！你的存在可不是基於什麼權利。就算你自願結束生命，這些人權的騎士，他們也不會允許你這麼做。」

紅燈在路口上方亮起。他停下來。街道兩側的行人開始往對面的人行道走。

母親繼續說下去：「你看看這些人！你看！你看到的人當中至少有一半算是醜的。長得醜，這也是人權的一部分嗎？你知道一輩子都長得醜是什麼感覺嗎？沒有片刻停歇。你的性別也一樣，不是你選擇的。眼睛的顏色也是。你出生的時代也是。你的國家也是。你的母親也是。所有重要的一切都不是你自己選擇的。一個人可以擁有的權利都是關於一些無聊的瑣事，根本沒有任何理由為這些事去抗爭或寫什麼著名的宣言！」

他的摩托車又開動了，而母親的聲音變柔和了：「你會是現在這個模樣，是因為我很軟弱。這是我的錯。請你原諒我。」

亞瀾先是默默不語，繼而以平靜的聲音說：「什麼事讓你感到罪惡？因為你沒有力量阻止我出生？還是你沒有跟我的生命和解？說起來，我的人生還不算太差。」

一陣靜默之後，她答道：「或許你說得對。所以我有雙重的罪惡。」

「該道歉的人是我。」亞瀾說：「我像一坨牛糞掉進你的生命裡。我把你趕去了美國。」

「別道歉了！你根本不瞭解我的人生，我的小傻瓜！你允許我叫你傻瓜嗎？是的，別生氣，在我看來，你是個傻瓜。那你知道你的傻從何而來嗎？來自你的善良！你可笑的善良！」

他來到盧森堡公園附近。他停好摩托車。

「你不要反對，讓我道歉吧。」他說：「我是個愛道歉的人。你們——你和他——就是把我生成這樣的。而作為一個愛道歉的人，當我們——你和我——互相道歉的時候，我感到幸福。互相道歉，這不是很美好嗎？」

然後，他往美術館走去：

「相信我，」他說：「我同意你剛才對我說的一切。一切。你和我，彼此同意，不是很美好嗎？我們結盟不是很美好嗎？」

「亞瀾！亞瀾！」一個男人的聲音打斷了他們的談話：「你看我的樣子好像從沒見過我似的！」

哈蒙和亞瀾談論肚臍的年代

是的，那是哈蒙。「今天早上卡利班的太太打電話給我，」他對亞瀾說：「她提到你們的聚會。我都知道了。夏勒去塔布了。他母親病危。」

「我知道。」亞瀾說：「那卡利班呢？他在我家的時候，從椅子上摔下來。」

「他太太跟我說了。摔得不輕。他太太說他連走路都有困難，很不舒服，現在在睡覺。他很想跟我們一起來看夏卡爾，但他是看不到了。其實我也不會去看，我受不了排隊這種事。你看！」

他指著緩緩往美術館入口前進的人群。

「隊伍又沒有排得很長。」

「或許沒有很長，但還是讓人覺得很討厭。」

「你來了又走，到底多少次了？」

「已經三次了。結果，我來這裡其實不是來看夏卡爾，而是來驗證這些隊伍一個星期比一個星期更長，所以地球上的人口越來越多了。你看看這些人！你覺得他們會一下子愛上夏卡爾嗎？他們哪裡都可以去，他們什麼事都可以做，只要能把他們不知道要做什麼的時間消磨掉。他們什麼都不知道，所以他們讓人牽著鼻子走。他們實在太容易一窩蜂了。對不起，我今天心情不好。昨天我喝多了，我真的喝太多了。」

「那你想做什麼？」

「我們在公園裡散散步吧！天氣很好。我知道星期天公園裡人是會多一點，不過還好啦。你看！陽光！」

亞瀾沒反對。其實，公園裡的氣氛很平靜。有些人在跑步，有些人在走路，草地上圍著幾圈人在做怪異的慢動作，有些人在吃冰淇淋，有些人在柵欄後頭打網球……

「這裡，」哈蒙說：「我覺得舒服多了。當然，一致性無所不在。不過在這個公園裡，一致性的選擇多一些。所以你可以繼續保有個體性的幻覺。」

「個體性的幻覺……真怪，幾分鐘之前，我才有過一段奇怪的對話。」

「一段對話？跟誰呀？」

「而且，肚臍……」

「什麼肚臍？」

「我沒跟你說過嗎？這陣子，我想了很多關於肚臍的事……」彷彿有個看不見的導演做了安排，兩個非常年輕的女孩（肚臍都光裸裸的）從他們身邊走過。

哈蒙只能說：「是啊。」

亞瀾則說：「這樣露著肚臍散步，是時下流行的。這股風潮至少有十年了。」

「它跟所有時尚一樣，總有一天會過去的。」

「可是你別忘了，肚臍的時尚揭開了新千禧年的序幕！彷彿有人在這象徵性的日子，把長達數世紀阻止我們看見本質的那塊簾子掀開，讓我們知道：個體性是一種幻覺！」

「沒錯，這毋庸置疑，可是這跟肚臍有什麼關係？」

「在女人性感的身體上，有幾個黃金地帶，我一直認為有三處：大腿、屁股、乳房。」

哈蒙想了想，答道：「是可以這麼說……」

「然後，有一天，我明白了，還得加上第四處：肚臍。」

思索片刻之後，哈蒙同意了：「嗯，或許吧。」

亞瀾說：「大腿、屁股、乳房在每個女人的身上各有不同的形狀。所以這三個黃金地帶不只令人興奮，同時也展示著一個女人的個體性。你不可能搞錯你愛的女人的屁股。你心愛的屁股，你可以在幾百個屁股裡認出來，可是你無法根據肚臍辨認出你心愛的女人。所有的肚臍都是一樣的。」

至少有二十個孩子，又笑又叫的，從這兩個朋友的身邊跑過。

亞瀾說了下去：「這四個黃金地帶，每一處都代表一種情色的訊息。我納悶的是，肚臍要告訴我們什麼樣的情色訊息？」他停頓一下，繼續說：「顯而易見的是：肚臍不同於大腿、屁股、乳房，關於長了這個肚臍的女人，它什麼也不說，它說的事跟這女人無關。」

「那它說什麼呢？」

「胎兒。」

「胎兒，當然是了。」哈蒙表示贊同。

亞瀾則說：「從前，愛情是個人的、無從模仿的盛宴，是榮光，它榮耀的對象是獨一無二的，是不能忍受任何重複的。可是肚臍不僅不起身反抗重複，還召喚重複！而我們在這個千禧年，就要活在肚臍的訊息裡了。在這個訊息裡，我們每個人都一樣，都是性的士兵，我們以同樣的目光凝望的不是心愛的女人，而是肚子中間的同一個小洞——它代表一切情慾的唯一意義，唯一目標，唯一未來。」

突然間，一次意想不到的相遇打斷了他們的談話。在他們的前方，在同一條林蔭道上，達德洛迎面走來。

達德洛來了

他也喝了很多，睡得不好，現在來盧森堡公園散散步讓自己清醒一下。哈蒙的出現先是讓他感到尷尬。他邀請他來酒會只是基於禮貌，因為他幫他的宴會找了兩個親切的侍者。可是因為這個退休的人對達德洛已經一點都不重要了，他在酒會上甚至沒花上一丁點時間招呼他，說些歡迎的話。現在他心虛了，他張開雙臂高呼：「哈蒙！我的朋友！」

哈蒙想起自己從酒會上溜走，連個簡單的「再見」都沒跟老同事說。但是達德洛大聲打了招呼，讓他不安的心情放鬆了；他也張開雙臂，大喊：「早安，我的朋友！」他向他介紹亞瀾，然後熱情地邀他加入他們。

達德洛清楚地記起，就是在這個公園，他的靈感突然閃現，編造了羅患絕症的古怪謊言。現在要怎麼辦？他不能自相矛盾；他只能繼續重病下去；而且，他也不覺得這樣有什麼好尷尬的，因為他很快就明白了，他完全不需要為此克制自己的好心情，因為風趣歡樂的言語會讓一個悲慘的病人更引人注目，也更令人敬佩。

於是他以一種輕盈愉快的語調在哈蒙和他的朋友面前聊起這座公園，這裡算是他最親密的私人風景，是他的「鄉下」，他如此重複了好幾次；他向他們細數這座公園裡所有的詩人、畫家、大臣、國王的雕像；「你們看，」他說：「過去的法國一直還活著呢！」然後，他以一種優雅又詼諧的嘲諷指著那些顯赫的法國女人的白色雕像——王后、公主、女性貴族——每一尊都立在一個大基座上，從腳到頭，展現著它們的崇高；每一尊雕像都距離另一尊十到十五公尺，形成一個非常大的圈子，俯瞰著底下的一個漂亮水池。

稍遠處，在一片巨大的噪音裡，孩子們一群又一群，從四面八方走過來集合。「啊，這些孩子！你們聽到他們的笑聲了嗎？」達德洛露出微笑。「今天有個慶祝活動，我忘記是什麼了，反正就是孩子的慶祝活動。」

突然間，他的表情認真起來：「那裡發生了什麼事？」

來了一個獵人和一個撒尿的人

從天文台大街過來的那條林蔭道上，有個約莫五十歲的男人，蓄八字鬍，穿一件破舊的雪衣，肩著一把獵槍，朝大理石貴婦圈子的方向跑來。他一邊比手畫腳，一邊大喊。附近的路人都停下來看他，驚訝中帶著好感。是的，帶著好感，因為這張蓄著八字鬍的臉上有某種平靜，有一股來自過往時光的牧歌氣息，讓公園的氣氛變得清新起來。他的形象讓人想到登徒子、村子裡的萬人迷、冒險家，而因為已經有點老、有點世故，所以變得更討人喜歡。人們被他的粗俗的魅力，被他善良的雄性特質，被他鄉土的外表征服了，大家都對他露出微笑，他也回應了，既開心又親切。

然後，他還是一直跑，他往一尊雕像的方向舉起手。所有人都跟著他的手勢看過去，發現了另一個男人——這個就非常老了，瘦得可憐，蓄著一小撮尖尖的山羊鬍——為了避開眾人冒失的目光，他躲在一尊大理石貴婦雕像的基座後頭。

「嗯，嗯！」獵人說道，他用肩上的獵槍瞄準，往雕像的方向開了槍。那是以老、肥、醜、傲慢的長相聞名的法國王后瑪麗·德·梅迪奇。這記獵槍削掉她的鼻子，讓她顯得更老、更醜、更肥、更傲慢，而躲在雕像基座後頭的老男人嚇壞了，拔腿就跑，為了躲避冒失的目光，他最後跑去縮在來自米蘭的瓦倫婷（也就是奧爾良公爵夫人）的後頭（這一尊漂亮多了）。

人們先是困惑，因為這記突如其來的槍響，因為瑪麗·德·梅迪奇臉上的鼻子被打掉了；他們不知道該如何反應，他們左顧右盼，等著一個訊息來幫他們釐清：如何詮釋獵人的行為？該把這看作該受譴責的行為？還是開玩笑的行為？他們該發出噓聲還是該鼓掌？

獵人彷彿猜出他們的困惑，他高喊：「在法國最著名的公園裡撒尿，這是禁止的！」然後，他看著他的一小群觀眾，放聲大笑，笑聲這麼歡樂，這麼自由，這麼天真，這麼土氣，親如兄弟，非常具有感染性，周圍所有的人像是鬆了一口氣，也笑了起來。

山羊鬍的老人一邊扣上褲子的門襟，一邊從奧爾良公爵夫人的雕像後頭走出來；他的臉上洋溢著鬆了一口氣的幸福。

哈蒙的臉也寫上了好心情。「這個獵人沒讓你想起什麼嗎？」他問亞瀾。

「當然有：夏勒。」

「是啊。夏勒與我們同在。這是他那齣戲的最後一幕。」

這時，約莫五十個孩童從人群裡散開來，排成像是合唱團的半圓。亞瀾很好奇，想看看會發生什麼事，於是往他們的方向走了幾步，達德洛則對哈蒙說：「您看，這裡的表演真棒。那兩個傢伙太完美了！一定是沒有演出機會的演員，失業中。您看！他們不需要劇場的舞台，公園的林蔭道給他們用就夠了。他們不放棄，他們想要演出。他們為了生存而戰鬥。」然後，他想起自己的重病，為了讓人記起他悲慘的命運，他壓低嗓子說了一句：「我也是，我也在戰鬥。」

「我知道，朋友，我很欽佩您的勇氣。」哈蒙說。然後，因為想支持這位活在厄運之中的朋友，他接著說：「很久以來，達德洛，我一直想跟您談一件事：關於無意義的價值。當年，我想的特別是您和女人的關係。那時我想跟您談夸克里克。他是我的好朋友。您不認識他。我知道。這沒關係。現在，在更強烈、更有啓示性的光芒照亮下，我對無意義有完全不同於當時的看法。無意義，我的朋友，這是存在的本質。它隨時隨地永遠與我們同在。就算沒有人想看到它，它也會出現：在恐怖之中，在血腥鬥爭之中，在最不幸的厄運之中。要在這麼悲劇性的境況裡認出它，直呼其名，這經常需要一點勇氣。可是我們不只要認出它，還要去愛它，無意義，我們必須學習去愛它。在這裡，在這座公園裡，在我們面前，您看，我的朋友，它以最明顯、最天真、最美麗的方式出現。是的，美麗。就如同您自己說的：演出很完美……而且完全無用，孩子們在笑……他們不知道為何要笑，這不美嗎？呼吸吧，達德洛，我的朋友，呼吸這圍繞著我們的無意義，它是智慧的鎖鑰，它是好心情的鎖鑰……」

就在此刻，在他們前方幾公尺處，八字鬍男人摟住山羊鬍老男人的肩膀，對他們周圍的人們以莊嚴的美聲說：「各位同志！我的老朋友以他的名譽向我發誓，他再也不會對著這些法國貴婦撒尿了！」

隨後，再一次，他放聲大笑，人們鼓掌，大聲喝彩，母親說道：「亞瀾，我很高興和你一起在這裡。」然後她的聲音化成一陣輕盈、平靜、溫柔的笑。

「你笑了？」亞瀾說。這是他第一次聽到母親的笑。

「是啊。」

「我也是，我也很高興。」他感動地說。

達德洛反而不發一語，哈蒙明白，這個人這麼迷戀偉大真理的嚴肅性，不可能喜歡他對於無意義的這番頌詞；他決定換個方式，他說：「我昨天看見你們，我們的弗宏克和您。你們兩位都很美。」

他觀察達德洛的臉，發現他這次說的話中聽多了。這個成功給了他靈感，他突然有個想法，想到一個既荒謬又迷人的謊言，他隨即決定將它變成禮物——送給來日無多的人的一份禮物——他說：「可是您要當心，大家看到你們的時候，一切都太明顯了！」

「明顯？什麼事情明顯？」達德洛問道，他的得意幾乎藏不住。

「很明顯你們是情人啊。不，不要否認，我全都明白。您也別擔心，沒有人比我更會保守秘密！」

達德洛的目光注視著哈蒙的眼睛，那裡像一面鏡子，映出一個病得很慘卻依然開心的人——這人是某位名媛的朋友，從來不曾碰過這位名媛，卻一下子成了她的秘密情人。

「我的朋友，我親愛的朋友。」他擁抱了哈蒙，然後離去，兩眼濡濕，覺得幸福又快樂。

孩童的合唱團已經排成一個完美的半圓，指揮是一個十歲的男孩，身穿晚禮服，手拿指揮棒，準備要發出開始演唱的信號。

可是他還得等一下，因為有一輛漆成紅黃兩色的四輪敞篷小馬車由兩匹小馬拉著，喀啦喀啦地靠近了。穿著破舊雪衣的八字鬍男人高舉他的獵槍。馬車夫也是個小毛頭，他乖乖把車停了下來。八字鬍男人和山羊鬍老男人上了馬車，坐好，最後一次向群眾告別，群眾開心地揮動手臂，孩童的合唱團唱起〈馬賽曲〉[17]。

馬車開動，沿著一條寬闊的林蔭道離開盧森堡公園，在巴黎的街道上慢慢遠去。

17.〈馬賽曲〉（La Marseillaise）：法國國歌。

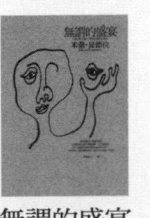

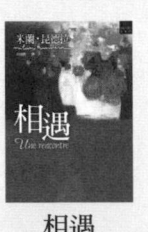

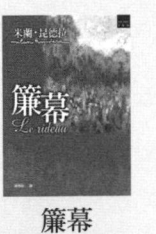

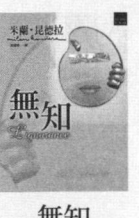

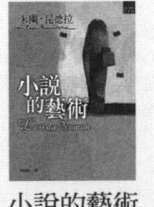

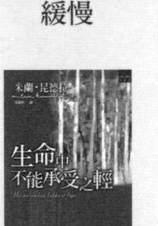

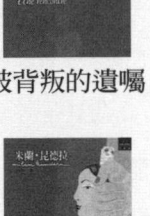

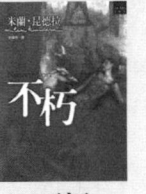

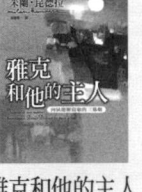

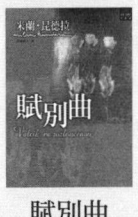

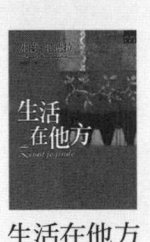

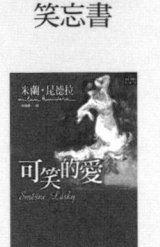

國家圖書館出版品預行編目資料

無謂的盛宴 / 米蘭・昆德拉(Milan Kundera)作;
尉遲秀譯. -- 初版. -- 臺北市：皇冠, 2015.04
　面；　公分. --（皇冠叢書；第4460種)(米
蘭・昆德拉全集；16)
譯自：La fête de l'insignifiance
ISBN 978-957-33-3143-8(平裝)

882.457　　　　　　104003343

皇冠叢書第4460種
米蘭・昆德拉全集 16
無謂的盛宴
La fête de l'insignifiance

作　　者—米蘭・昆德拉
譯　　者—尉遲秀
發 行 人—平　雲
出版發行—皇冠文化出版有限公司
台北市敦化北路120巷50號
電話◎02-27168888
郵撥帳號◎15261516號
皇冠出版社(香港)有限公司
香港銅鑼灣道180號百樂商業中心
19字樓1903室
電話◎2529-1778　傳真◎2527-0904
美術設計　—王瓊瑤
著作完成日期—2013年
初版一刷日期—2015年4月
初版五刷日期—2023年7月
法律顧問—王惠光律師

讀者服務傳真專線◎02-27150507
電腦編號◎044088
ISBN◎978-957-33-3143-8
Printed in Taiwan
本書定價◎新台幣250元/港幣83元